EIN SICHERER ORT

RAINBOW PLACE #2

JAY NORTHCOTE

Übersetzt von

BETTI GEFECHT

COPYRIGHT

EINS

Ende Mai

ALEX WAR VOLLER NERVÖSER AUFREGUNG, während er versuchte, mit Hayden mitzuhalten, der mit langen Schritten die Straße entlang marschierte, als wäre er auf einer Mission. „Ich müsste eigentlich zu Hause sein und lernen“, protestierte Alex. „Mein Vater würde einen Anfall kriegen, wenn er wüsste, dass ich heute Abend rausgehe.“

„Sei nicht so ein Weichei“, sagte Hayden. „Willst du denn nicht auch Seb unterstützen? Rainbow Place ist das Coolste, was jemals in Porthladock passiert ist. Es ist schon spät, also müssen wir nicht lange bleiben. Aber lass uns einfach hingehen und was trinken.“

„Na gut.“

Rainbow Place war in der Tat ziemlich cool. Und dass ausgerechnet hier in Alex’ Heimatstadt eine LGBT-freundliche Café/Bar eröffnete, war unglaublich. Es gab

Alex ein wenig Hoffnung für die Zukunft – Hoffnung, die er bitter nötig hatte. Aber sein Vater würde nur noch mehr durchdrehen, wenn er wüsste, wohin Alex gerade unterwegs war. Alex' Vater war außer sich darüber, dass die große Eröffnung von Rainbow Place trotz seiner lautstarken, öffentlichen Proteste gegen Seb Radcliffes Pläne immer noch stattfand.

Alex wurde schon übel, wenn er nur an die Reaktion seines Vaters dachte, aber es machte ihn irgendwie auch entschlossener. Scheiß auf seinen Vater und dessen dumme, engstirnige Ansichten. In ein paar Monaten würde Alex sowieso nicht mehr hier sein. Sein Traum, von zuhause auszuziehen und zur Universität zu gehen, war in greifbare Nähe gerückt. Er musste nur einen ausreichend guten Notendurchschnitt erzielen, dann würde er im September weg sein. Bis dahin musste Alex noch den Ball flach halten, um keinen Ärger mit seinem Vater zu bekommen. Das bedeutete jedoch nicht, dass er nicht auch ein wenig Spaß haben konnte. Zum Glück war sein Vater immer zu sehr mit seinem Geschäft und seinen politischen Verbindungen beschäftigt, um groß auf Alex zu achten. Das war Alex nur zu recht. An diesem Abend waren seine Eltern auf irgendeiner Tory-Parteiveranstaltung in Truro und würden nicht vor Mitternacht zurück sein. Dann konnte Alex längst wieder zuhause und im Bett sein, und sie würden gar nichts merken.

„Vielleicht sind wieder ein paar von den Rugby-Jungs da", sagte Hayden mit einem vielsagenden Seitenblick zu Alex. „Vielleicht ist *Cam* da."

Alex bekam heiße Wangen und murmelte: „Ach, halt

die Klappe." Aber er musste dennoch lächeln. Bei dem Gedanken allein bekam er Schmetterlinge im Bauch.

Er hatte Cam erstmals getroffen, als er zusammen mit Hayden und ein paar anderen Freunden im Rainbow Place geholfen hatte, nachdem Vandalen das Café mutwillig verwüstet hatten. Die Attacke passierte in der Folge eines Leserbriefs, den Alex' Vater als Protest gegen das schwulenfreundliche Café an die örtliche Zeitung geschickt hatte. Vielleicht bestand kein unmittelbarer Zusammenhang, aber Alex hatte trotzdem Schuldgefühle deswegen. Und als in den sozialen Medien Fotos von Leuten auftauchten, die sich zusammengetan hatten, um bei der Beseitigung der Schäden zu helfen, hatten Alex und seine Freunde beschlossen, sich ihnen anzuschließen.

Das Ausmaß der Verwüstung hatte Alex schockiert. Die Wände waren mit furchtbaren, schwulenfeindlichen Parolen besprüht worden. Alex konnte sich kaum ausmalen, wie am Boden zerstört Seb gewesen sein musste. Aber dass so viele Leute gekommen waren, um zu helfen, hatte den Schock sicher ein wenig abgemildert. Am Ende war es sogar ein richtig toller Abend geworden – nicht zuletzt wegen Cam.

Cam gehörte zum örtlichen Rugby-Team, das unter den ersten gewesen war, die sich freiwillig angeboten hatten, beim Entfernen der Graffiti zu helfen. Wie es der Zufall wollte, hatten Alex und Cam Seite an Seite den Küchenboden gereinigt. Dabei waren sie ins Plaudern gekommen, und Alex war hingerissen.

Allerdings bestand keine Chance, dass Cam an ihm interessiert sein könnte. Sicher, er hatte ein wenig geflirtet, sodass Alex beinahe sicher war, dass Cam schwul war.

Leider spielte er in einer völlig anderen Liga als Alex. Cam war umwerfend: groß und gutaussehend, mit dunklen Haaren, breiten Schultern und einem unwiderstehlichen Lächeln. Er war mehrere Jahre älter als Alex und cool und selbstbewusst, während Alex verlegen und ungeschickt war und ständig Angst hatte, etwas Falsches zu sagen.

„Wow, sieht aus, als wäre es ganz schön voll." Haydens Stimme riss Alex aus seinen Cam-Träumereien.

In der frühsommerlichen Abenddämmerung standen sie vor dem Rainbow Place und schauten durch die Fenster hinein. Das Café war gerammelt voll. Alle Tische waren belegt, und viele Leute standen an der Bar.

„Aber das ist cool. Gute Nachrichten für Seb", sagte Alex.

„Einen Sitzplatz kriegen wir wohl nicht, aber wir können an der Bar stehen. Würde Amber heute arbeiten, hätte ich sie bitten können, einen Tisch für uns freizuhalten oder so, aber sie hatte heute die Morgenschicht."

Ihre gemeinsame Freundin Amber hatte einen Job als Kellnerin bekommen. Alex war darauf ein wenig neidisch. Er selbst jobbte samstags in einem der Ferienparks seines Vaters. Er reinigte dort die feststehenden Wohnwagen, nachdem die Gäste abgereist waren und bevor die nächsten Touristen ankamen. Natürlich würde er viel lieber im Rainbow Place arbeiten.

„Ich glaube nicht, dass sie das könnte. Außer wir wollten etwas essen."

„Ja, wahrscheinlich nicht. Lass uns trotzdem reingehen. Ich habe Durst."

Hayden strich sich das blonde Haar aus der Stirn, dann marschierte er selbstbewusst hinein. Alex folgte ein paar

Schritte hinter ihm. Das schien ohnehin sein üblicher Platz im Leben zu sein, was die Beziehung zu seinem besten Freund betraf.

Bereits zwei Jahre, bevor Alex sich bewusst geworden war, schwul zu sein, hatte Hayden das für sich erkannt. Und schon mit fünfzehn hatte Hayden sich geoutet, lange bevor Alex auch nur angefangen hatte, darüber nachzudenken, wie und wann er es jemandem sagen sollte. Und er hatte sogar schon drei Beziehungen hinter sich, während Alex nur eine einzige gehabt hatte — mit Hayden. Aber sie hatten nur einige Monate lang ein bisschen herumgemacht und dann beschlossen, dass sie als Freunde besser zusammenpassten. Sie waren auch gar nicht der Typ des jeweils anderen. Hayden stand auf etwas ältere, behaarte Männer, und Alex mochte Typen, die größer und muskulöser waren als Hayden, der klein und ein bisschen mager war.

Hinter Haydens Rücken ließ Alex den Blick durch das Café schweifen, und sein Herzschlag beschleunigte sich, als er Cam mit einigen seiner Teamkollegen an der Bar entdeckte. Rasch wandte er den Blick ab, um nicht beim Starren erwischt zu werden.

Stattdessen schaute er Seb an, der hinter dem Tresen stand und ihnen ein herzliches Lächeln schenkte. „Hey, Leute. Schön, euch wiederzusehen. Wie geht es euch?"

„Gut, danke", antwortete Hayden, während Alex Seb mit einem Grinsen und einem Nicken begrüßte. Die Rugby-Jungs lachten über irgendetwas. Alex, der hoffte, dass er nicht der Grund ihrer Belustigung war, ignorierte sie, aber Hayden stupste Alex in die Rippen und sagte ein wenig zu laut: „Schau nur, wer hier ist!"

Alex fühlte sich genötigt hinzuschauen, damit Hayden

die Klappe hielt, und als er es tat, begegnete er Cams Blick. Cam lächelte und hob zum Gruß sein Glas. Alex versuchte, lässig zurückzuwinken, aber seine Schüchternheit machte ihn verlegen. Er spürte, wie seine Wangen heiß wurden. Rasch wandte er den Blick ab und verfluchte sich innerlich für seine Unbeholfenheit.

Als er seine Aufmerksamkeit wieder dem Gespräch zwischen seinem Freund und Seb zuwandte, fragte Seb Hayden gerade nach seinem Ausweis. Der Idiot musste versucht haben, etwas Alkoholisches zu bestellen – ziemlich verwegen, wenn man bedachte, dass Hayden sogar noch jünger aussah, als er war.

„Dann eben eine Cola." Hayden klang mürrisch.

Seb schaute Alex an und hob fragend die Brauen.

„Für mich auch, bitte", sagte Alex.

„Netter Versuch." Seb grinste Hayden an, während er einschenkte. „Wie alt bist du denn wirklich?"

„Siebzehn", antwortete Hayden. „Aber nicht mehr lange. Ich werde in zwei Wochen achtzehn, und Alex' achtzehnter Geburtstag ist ebenfalls im Juni."

„Na, dann ist es ja nicht mehr lange, bis ich euch den Cidre servieren kann, den du wolltest." Seb schob die erste Cola über den Tresen, dann goss er das nächste Glas ein.

Alex hatte es schon immer gehasst, dass sein Geburtstag ans Ende eines Schuljahres fiel. Letztes Jahr war es besonders frustrierend gewesen, weil so viele seiner Mitschüler ihren Führerschein lange vor ihm machen konnten. Und jetzt war es dasselbe mit dem Ausschank von Alkohol. Aber zumindest musste er nun nur noch einen Monat lang aushalten.

„Letztes Schuljahr?"

„Japp." Hayden nickte.

„Solltet ihr dann nicht eigentlich daheim sein und für eure Prüfungen lernen?"

„Fang bloß nicht davon an. Das kriege ich schon genug von meiner Mutter zu hören. Außerdem spielt es keine große Rolle, mit was für einer Note ich abschließe, weil ich für nächstes Jahr bereits einen Platz zur Ausbildung als Friseur sicher habe." Hayden strich sich erneut das Haar aus der Stirn, während er das Geld über den Tresen reichte. Sobald er sein Wechselgeld hatte, wandte er sich an Alex. „Wo möchtest du sitzen?"

„Keine Ahnung." Alex war nicht sicher, ob es überhaupt freie Sitzplätze gab, geschweige denn Tische. Er hatte keine große Lust, sich irgendwo zwischen Fremde an einen Tisch zu quetschen. Aber als er den Blick schweifen ließ, entdeckte er zwei Leute, die von einem der Zweisitzer-Sofas aufstanden und ihre Jacken anzogen. „Oh ... die Leute da scheinen gehen zu wollen. Setzen wir uns dort?"

Er hatte die Worte kaum ausgesprochen, da eilte Hayden bereits quer durch den Raum, um das Sofa zu sichern, bevor jemand anderes es ihnen wegschnappen konnte. Alex folgte ihm etwas langsamer – er konnte nicht widerstehen und warf einen letzten Blick zu Cam, als er an ihm vorbeikam. Cam bemerkte es nicht. Er war zu sehr ins Gespräch mit einem seiner Freunde vertieft. Enttäuscht darüber, dass sie nicht dazu gekommen waren, wenigstens ein paar Worte zu wechseln, setzte Alex sich neben Hayden. Das Sofa war gemütlich, und es gab einen Couchtisch, wo sie ihre Gläser abstellen konnten.

„Das ist cool", sagte Hayden. „Ich finde es echt super hier. Schade, dass wir keinen Cidre bekommen haben."

„Ja." Alex war kein großer Trinker, aber ein bisschen Alkohol half ihm in der Regel, seine Schüchternheit etwas zu lösen. Mit ein paar Gläsern Cidre hätte er vielleicht den Mut gefasst, zu Cam zu gehen und Hallo zu sagen. Oder zumindest hätte er ihn anlächeln können, ohne dabei so rot zu werden wie eine Tomate.

„Zu deinem Glück bin ich nicht unvorbereitet gekommen." Mit einem verstohlenen Blick in die Runde, um sicherzugehen, dass niemand ihn beobachtete, holte Hayden einen kleinen Flachmann aus seiner Hosentasche und goss etwas klare Flüssigkeit in ihre beiden Colagläser.

„Super. Was ist das?"

„Weißer Rum. Hab' ich aus der Hausbar meiner Mutter stibitzt."

„Cool. Prost." Alex nippte an seinem Glas und hätte sich fast verschluckt. „Heilige Scheiße, das ist heftig."

„Japp." Hayden grinste. „Oh, sieh mal, da ist Amber." Hayden winkte ihr zu, als sie mit einem Tablett voller benutzter Teller vorbeiging. Sie grinste die beiden kurz an, dann verschwand sie in der Menge der Leute, die an der Bar herumhingen. Sie schlängelte sich geschickt durch die Versammlung, bis ihre Stachelfrisur nicht mehr zu sehen war. „Ich dachte, sie hätte heute nur bis mittags gearbeitet. Sie wollte heute Abend mit Sofia ins Kino."

EINE MINUTE später tauchte Amber wieder auf und kam schnurstracks zu ihrem Tisch. „Hey." Sie blieb stehen, um Hayden und Alex zu umarmen und auf die Wangen zu küssen. „Du bist gekommen!", sagte sie erfreut zu Alex.

„Ja. Meine Eltern sind heute Abend aus, und Hayden hat mich überredet."

„Wie kommt es, dass du immer noch arbeitest?", fragte Hayden.

„Es ist so viel los hier, da hat Seb mich gefragt, ob ich noch bleiben kann." Sie zuckte mit den Schultern. „Mehr Geld. Außerdem ist es heute Abend ziemlich cool hier."

„Du hättest Sophia sagen können, dass sie uns Bescheid geben soll. Sie hätte mit uns zusammen herkommen können." Sophia war Ambers feste Freundin, und normalerweise waren die beiden unzertrennlich.

„Sie hat heute drei Stunden lang an einem Englisch-Aufsatz geschrieben und war ziemlich erledigt. Sie wollte früh zu Bett."

„So wird es mir nächste Woche ergehen." Bei dem Gedanken an seine bevorstehenden Abschlussprüfungen wurde Alex ganz flau im Magen, und er nahm rasch einen Schluck von seiner Cola mit Rum. Er wünschte, er hätte seine Hauptfächer etwas sorgfältiger gewählt und etwas genommen, das ihn wirklich interessierte. Es war schwer, die Motivation zu finden, Mathe und Wirtschaftslehre zu büffeln. Sein Vater hatte ihn gedrängt, diese Fächer zu nehmen. Wenn er doch nur die Eier gehabt hätte, sich seinem alten Herrn zu widersetzen, und etwas genommen hätte, das ihm gefiel. Geschichte vielleicht, oder Soziologie. Mathe war ganz okay; darin war er zumindest gut. Aber Wirtschaftslehre war todlangweilig.

„Ich gehe mal lieber weiter arbeiten", sagte Amber. „Viel Spaß, ihr zwei."

Sobald sie weg war, nahm Hayden sein Handy. „Oh,

ich habe eine Nachricht von diesem Typen in St. Austell, mit dem ich mich letzte Woche getroffen habe."

„Der Bauarbeiter?" Alex hatte nur allzu detailliert alles über die Penisgröße des Kerls gehört, und wie er Hayden auf dem Rücksitz seines SUV gevögelt hatte.

„Mh-hm." Hayden tippte bereits seine Antwort.

Alex ließ den Blick durch den Raum schweifen. Inzwischen spürte er den Alkohol in seinem Blut; er war definitiv etwas beschwipst. Erneut blieb sein Blick an Cam hängen. Sein Herz schlug einen Purzelbaum, als er feststellte, dass Cam ihn ansah. Dieses Mal zwang Alex sich, nicht gleich wieder wegzuschauen. Seine Lippen fühlten sich, als wären sie aus Gummi, aber irgendwie schaffte er es, sie zu einem Lächeln zu formen, und wurde damit belohnt, dass Cam das Lächeln erwiderte, bevor er sich dem Kerl neben sich zuwandte. Zuerst war Alex darüber enttäuscht, aber die Enttäuschung verwandelte sich in freudige Panik, als Cam sich von der Gruppe seiner Teamkollegen entschuldigte und dann direkt auf Alex zukam.

Oh mein Gott. Bleib cool. Flipp jetzt nicht aus.

Zu spät. Er flippte bereits aus.

„Hi, Alex. Wie läuft's?", fragte Cam und streckte Alex seine große Hand entgegen.

„Nicht schlecht, danke. Und bei dir?", brachte Alex heraus. Er war sicher, dass sein Gesicht wieder knallrot war. Bei Cam wurde ihm am ganzen Körper heiß.

„Ja, ziemlich gut. Und du bist Hayden, richtig?", wandte Cam sich an Hayden, der von seinem Handy aufsah.

„Ja, das stimmt. Hallo. Schön, dich wiederzusehen." Hayden bot seine Hand an. Sie schüttelten die Hände, dann sagte Hayden: „Aber ihr müsst mich jetzt entschuldigen. Ich muss pinkeln. Setz dich ruhig auf meinen Platz, wenn du magst, Cam." Er zwinkerte Alex zu, der daraufhin nur noch mehr errötete.

„Oh, danke." Cam rutschte auf den Platz, den Hayden soeben verlassen hatte.

Plötzlich fühlte sich das Zweisitzer-Sofa unheimlich eng an. Sie berührten sich nicht ganz, aber Alex war sich jeden Zentimeters zwischen ihnen bewusst, und er konnte die Wärme von Cams Körper spüren. Völlig verdattert von Haydens plötzlichem Abgang suchte Alex verzweifelt nach etwas, das er sagen könnte, ohne sich dabei vollkommen zum Idioten zu machen. Der Alkohol schien sein Gehirn verlangsamt zu haben, diesmal jedoch, ohne seine Unbeholfenheit zu dämpfen. „Ganz schön voll hier heute Abend, oder?"

Ach Mann. Warum erwähnst du nicht etwas noch Offensichtlicheres?

„Ja. Es ist toll, so viele Leute hier zu sehen. Seb freut sich wahrscheinlich wie ein Schneekönig. Es ist genau, wie er es sich erhofft hat – eine Mischung aus LGBT-Leuten und ihren Verbündeten, und alle haben Spaß und fühlen sich wohl."

Alex sah sich noch einmal um und betrachtete die Gäste genauer. Vorhin hatte er nicht so genau hingeschaut, weil er wegen Cam zu abgelenkt gewesen war. Aber jetzt bemerkte er das lesbische Paar, das am Montag hier zu Abend gegessen hatte. Und ihm fielen die beiden älteren, grauhaarigen Männer auf, die sich über den Tisch hinweg an den Händen hielten und einander anlächelten. Der Anblick machte ihm ein wenig die Brust eng, und er empfand so etwas wie Wehmut, gemischt mit Hoffnung.

„Es ist wirklich schön, das zu sehen. Irgendwie inspirierend", platze Alex heraus. Dann kam er sich sofort dämlich vor, weil er das so überschwänglich gesagt hatte.

Aber Cam schaute ihn nur an und lächelte. „Ja, ich weiß genau, was du meinst."

Wirklich?

Als sie am Montag miteinander geredet hatte, war Cams sexuelle Ausrichtung nicht zur Sprache gekommen. Alex hatte seine eigene erwähnt, als er erklären musste, warum er nicht auf dem Foto für die Zeitung sein wollte. Er hatte Angst, sein Vater könnte bestimmte – und korrekte – Schlüsse ziehen, wenn er erfuhr, dass sein Sohn an der Rettungsmission für Rainbow Place teilnahm, nachdem es Ziel von Vandalismus geworden war. Alex hätte nur zu gern gewusst, ob Cam auf Männer stand, aber es war ihm unhöflich erschienen, ihn direkt zu fragen.

Anscheinend setzte Rum jedoch seinen verbalen Filter außer Kraft, denn bevor Alex sich eines Besseren besinnen konnte, kamen die Worte einfach heraus. „Also ... bist du auch schwul?" Wenigstens klang die Frage halbwegs beiläufig.

„Ich bin bi."

„Oh. Cool." Alex wand sich innerlich. *Cool?* Gott, er musste sich zusammenreißen.

Cam antwortete grinsend: „Ich freue mich, dass du so denkst." Dann nahm er einen Schluck von seinem Bier, während Alex versuchte, sich von seinem letzten Tritt ins Fettnäpfchen zu erholen. Er hob ebenfalls sein Glas und nahm einen großen Schluck. Er dachte gar nicht an den Rum, bis seine Kehle brannte und er husten musste.

„Alles klar bei dir?" Cam klopfte ihm auf den Rücken. Seine Handfläche war warm und fest. Mit der anderen Hand nahm er Alex das Glas weg, als der noch einmal so heftig husten musste, dass er beinahe den Inhalt verschüttete.

„Ja, sorry", stieß Alex mühsam hervor. „Ist in die falsche Röhre geraten."

„Was trinkst du?" Cam schnupperte an Alex' Glas. „Cola-Rum?"

Mit hochrotem Kopf antwortete Alex leise: „Ja. Seb wollte uns keinen Alkohol ausschenken. Er weiß, dass wir erst siebzehn sind – aber ich werde schon bald achtzehn!", fügte er hastig hinzu. „Hayden hatte einen Flachmann dabei."

„Aha." Cam lachte leise. „Das hab ich auch mal gemacht. Und wo wir gerade von Hayden reden ... er ist schon eine ganze Weile weg. Denkst du, es ist alles in Ordnung bei ihm?"

Alex kam sich mies vor, weil ihm nicht aufgefallen war, dass Hayden schon länger weg war als nötig, um zu pinkeln. „Ich bin sicher, es ist alles okay." Er sah sich um und entdeckte Hayden an der Bar. Es sah aus, als hätte er noch zwei Cola bestellt. „Ja, da ist er."

Und tatsächlich, nachdem er bezahlt hatte, kam Hayden zurück zu ihrem Tisch. „Ich dachte mir, du könntest noch eine gebrauchen."

„Eigentlich wäre ich mit dieser Runde dran gewesen", protestierte Alex.

„Du kannst es mir ein anderes Mal zurückzahlen." Mit

dem Rücken zu Bar versetze Hayden die Getränke erneut großzügig mit Rum. „Hier, bitte sehr. Ich gehe ein bisschen mit Amber plaudern. Seb sagte, sie kann jetzt Schluss machen, weil die meisten Leute gegessen haben. Sie will noch etwas trinken, bevor sie nach Hause geht. Also, wir sehen uns später, okay?" Hayden scharwenzelte zurück an die Bar, wo Amber sich einen Hocker gesichert hatte.

„Wie alt bist du?", fragte Alex Cam. Offenbar war heute der Abend der persönlichen Fragen, also scheiß drauf.

„Schätz." Cam hob herausfordernd die Augenbrauen.

„Oh, ich hasse dieses Spiel. Irgendwie endet es immer damit, dass man jemanden beleidigt, egal ob man zu alt oder zu jung schätzt."

Cam lachte. „Nein, das macht mir nichts aus, so oder so. Versprochen. Es interessiert mich einfach nur."

Zumindest hatte Alex die perfekte Ausrede, um Cam eingehend zu mustern. Seine Haut war makellos, also hatte er die Pubertät auf jeden Fall hinter sich. Er war glatt rasiert, hatte aber einen leichten Bartschatten, der verriet, dass er sich einen Vollbart wachsen lassen könnte, wenn er wollte. Alex schätzte Cam auf Anfang bis Mitte zwanzig, aber es war wirklich schwer zu sagen. „Einundzwanzig", sagte er schließlich in der Hoffnung, dass ihr Altersunterschied nicht so groß war, wie er anfangs gedacht hatte.

„Nö. Aber du bist dicht dran. Ich bin dreiundzwanzig."

Sechs Jahre älter. Das war ein zu großer Abstand.

Cam hielt Alex' Blick, und es entstand eine leichte Spannung zwischen ihnen. Dann schenkte Cam Alex ein Lächeln, das eindeutig flirtend war, bevor er fragte: Hast du einen festen Freund?"

„Nein. Hast du? Oder eine Freundin?"

Cam schüttelte den Kopf. „Ich bin jung, frei und Single. Aber ich bin durchaus glücklich damit."

Alex nahm an, dass es okay war, jung, frei und Single zu sein, wenn man regelmäßig flachgelegt wurde, was bei Cam vermutlich der Fall war. Es war weniger angenehm, jung, frei und Single zu sein, wenn man wie Alex noch eine hoffnungslose Jungfrau war. Er nippte vorsichtig an seinem Getränk und zwang sich, nicht das Gesicht zu verziehen. Dieses Mal war der Schuss Rum noch stärker als beim letzten Getränk. Alex fühlte sich bereits recht beschwipst und entspannte sich langsam in Cams Gegenwart. Gott sei Dank. Er beschloss, dass es Zeit war, das Thema zu wechseln, und fragte: „Also, was tust du so?" Es war eine langweilige Frage, aber es interessierte ihn wirklich. Alles an Cam interessierte ihn.

„Ich arbeite für eine Landschaftsgärtnerei."

„Gefällt dir die Arbeit?"

„Meistens. Ich bin gern draußen, und es ist gut, einen Job zu haben, bei dem ich körperlich aktiv bin. Ich glaube, ich würde verrückt werden, wenn ich den ganzen am Schreibtisch sitzen müsste. Aber manchmal ist es auch ein wenig langweilig. Irgendwann würde ich gern mehr in Richtung Gartenarchitektur gehen."

Alex nippte an seinem Getränk. Es ging jetzt leichter die Kehle hinunter. Er fragte sich, wie viel Cam heute Abend schon getrunken haben mochte. Die Rugby-Meute hatte sich ziemlich laut und ausgelassen gebärdet, und Alex vermutete, dass sie schon eine ganze Weile hier gewesen waren. Cam hatte rote Wangen, und seine Augen waren ein wenig glasig. Seine Lippen bewegten sich, und Alex wurde klar, dass Cam ihm gerade eine Frage stellte.

„Gehst du noch zur Schule?"

„Ja." Alex hasste es, das zuzugeben. Es ließ ihn so jung klingen.

„Was willst du machen, wenn du mit der Schule fertig bist?"

„Ich werde hoffentlich im Herbst auf die Uni gehen, falls mein Notendurchschnitt ausreicht."

„Was willst du studieren? Und wo?"

Alex rümpfte die Nase. „Wirtschaftswissenschaften. Und meine erste Wahl wäre Manchester. Wenn das nicht klappt, dann Northumbria."

„Wow, in beiden Fällen wärst du ganz schön weit weg von zuhause. Du klingst nicht so, als würdest du dich besonders darauf freuen."

„Ich habe mich von meinem Vater zu dem Studienfach überreden lassen. Ich wünschte, ich hätte etwas gewählt, das mich mehr interessiert, aber jetzt ist es zu spät. Egal. Zumindest ist es eine Chance, hier wegzukommen und neu anzufangen. Ich will mich outen, sobald ich auf der Uni bin. Solange ich noch zuhause wohne, kann ich das nicht."

„Deine Eltern würden dich nicht unterstützen?"

Alex drehte sich der Magen um, als er sich die Reaktion seines Vaters ausmalte. „Nein. Weiß deine Familie über dich Bescheid?"

„Gewissermaßen. Ich hab's ihnen gesagt, aber ich bin nicht sicher, ob sie mich ernst genommen haben. Manchmal habe ich etwas mit Männern, aber meine Eltern haben mich immer nur mit Freundinnen gesehen, sodass es für sie leicht ist, meine Bisexualität zu ignorieren."

Hayden und Amber kamen an ihren Tisch. „Hey, ich glaube, wir gehen jetzt", sagte Hayden. „Willst du mitkommen, oder bleibst du noch etwas?" Er schaute von Alex zu Cam und grinste anzüglich. „Ich will euch nicht unterbrechen, aber wir sind beide müde."

Ja, sicher. Wann wäre Hayden je nach Hause gegangen, weil er müde war? Er versuchte einfach, Alex zu verkuppeln, und Alex hatte nicht im Geringsten etwas dagegen.

„Ich habe noch nicht ausgetrunken. Geht ihr nur. Wir sehen uns morgen."

Hayden grinste. „Alles klar. Dann noch viel Spaß."

Nachdem Hayden und Amber gegangen waren, wechselte Cam seine Position – er drehte sich leicht und streckte hinter Alex' Schultern seinen Arm über die Rückenlehne des Sofas. „Ich freue mich, dass du geblieben bist", sagte er leise. Sein Mund war dicht an Alex' Ohr, und sein warmer Atem sandte wohlige Schauer über Alex' Rücken.

„Wirklich?"

„Ja."

Alex war überwältigt. Er hatte keine Ahnung, was er als Nächstes sagen sollte. Einen Moment lang saßen sie in angespanntem Schweigen da und nippten an ihren Getränken. Dann rief Seb die letzte Runde aus, und einige Leute eilten an die Bar, um noch etwas zu bestellen.

„Willst du noch etwas?", fragte Cam. Sein eigenes Glas war leer.

„Denk daran, dass du für mich keinen Alkohol bestellen kannst." Alex fand, dass er nicht noch mehr brauchte. In seinem Glas befand sich nur noch Eis, und er hatte diesen perfekten Zustand der Trunkenheit erreicht, wo er noch genau wusste, was er tat, und noch nicht lallte, sich aber angenehm berauscht und glücklich fühlte. Und voller Selbstbewusstsein.

„Ach ja. Sorry. Ich hatte ganz vergessen, dass du minderjährig bist."

„Nicht in allen Belangen." Alex grinste Cam vielsagend an, gleichermaßen schockiert und begeistert von seiner plötzlichen Dreistigkeit. Hayden würde ihm nie glauben, dass er es tatsächlich geschafft hatte zu flirten. Offensichtlich geschahen noch Zeichen und Wunder.

Auch Cam wirkte überrascht. Er riss einen Moment lang die Augen auf, aber dann breitete sich ein langsames Lächeln auf seinem Gesicht aus. Alex' Herz pochte so heftig, dass ihm ganz schwindelig wurde. Oder es lag an Cams Nähe, als sie einander fest in die Augen sahen. „Würdest du dann jetzt gern gehen?", fragte Cam. Die Enttäuschung traf Alex wie ein Hammerschlag, aber dann fügte Cam hinzu: „Wir könnten einen Umweg am Hafen entlang machen, bevor wir nach Hause gehen. Ich liebe es, nachts die Boote anzuschauen." In seinem Gesichtsausdruck lag ein Hauch von Unsicherheit, als würde er damit rechnen, dass Alex Nein sagte.

Keine zehn Pferde würden Alex dazu bringen, Nein zu sagen. „Das klingt gut." Er schaffte es, nicht zu aufgeregt zu klingen – so hoffte er jedenfalls – aber innerlich hüpfte er auf und ab, und sein Herz schlug Purzelbäume. Er sah auf seine Uhr. Es war erst kurz nach elf. Wenn er nicht zu lange machte, konnte er immer noch vor seinen Eltern zu Hause sein.

„Ich sage nur eben den Jungs auf Wiedersehen." Cam stand auf, und Alex blieb verlegen zurück, unsicher, ob er

Cam folgen sollte oder nicht. Während Cam sich von seinen Teamkollegen verabschiedete, entdeckte Alex Seb hinter der Bar. Er beobachtete sie mit einem wissenden Gesichtsausdruck. „Alles okay?", formte er mit den Lippen in Alex' Richtung.

Alex nickte, dann ging er zu Seb an die Bar. „Sieht aus, als hättest du einen tollen Tag gehabt. Meinen Glückwunsch."

Seb strahlte. „Ja, es war wunderbar."

Cam trat an Alex' Seite und legte eine Hand an seinen Rücken. „Bist du so weit?"

„Ja."

„Gute Nacht, Jungs", sagte Seb. „Bis demnächst, hoffe ich."

ZWEI

Die Dunkelheit draußen auf der Straße war zuerst ein wenig desorientierend. Cam war nicht betrunken nach nur drei Bieren, aber er fühlte sich definitiv ein bisschen wackelig. Jedoch nicht so wackelig wie Alex, der die Bordsteinkante verpasste und neben ihm ins Straucheln geriet.

„Ups!" Alex ruderte mit den Armen, bis Cam ihn festhielt.

„Alles in Ordnung?"

„Ja, ja. Ich bin nur tollpatschig."

Cam ließ Alex' Arm los und nahm dessen Hand fest in seine. „Ich halte dich fest." Alex war so verdammt schnuckelig. Er hatte Cams Aufmerksamkeit bereits am Tag ihrer ersten Begegnung gefesselt, und Cam hatte sich wirklich gefreut, ihn heute Abend wiederzusehen. Seine Kumpels hatten ihn ordentlich aufgezogen, als er sich so früh verabschiedet hatte, aber es waren gutmütige Neckereien gewesen. Sie würden bei einer hübschen Frau, mit der sie anbändeln wollten, ohne Zögern das Gleiche tun.

Zuerst hatte Alex an diesem Abend scheinbar kein

Interesse gezeigt. Er war schüchtern und verklemmt gewesen, und Cam hatte schon gedacht, er hätte die Signale am Montag vielleicht falsch gedeutet. Aber dann hatte sich plötzlich alles geändert. Vielleicht lag es am Alkohol, aber was auch immer es war – Cam gefiel die selbstbewusste, flirtende Seite von Alex, die später zum Vorschein gekommen war. Er war sich ziemlich sicher, dass sie beide das Gleiche wollten, und hoffte, dieses Kapitel mit einem Blowjob zu beschließen, sofern sie eine geschützte Stelle fanden.

Sie gingen die dunkle Straße entlang und nahmen die Abzweigung, die zum Hafen führte. Vor ihnen spiegelte sich der Mond im Wasser. Als sie am *Anker* vorbeikamen, öffneten sich die Türen der Kneipe, und es kam eine ganze Gruppe von Leuten heraus, die sich angeregt unterhielten, als sie in Alex' und Cams Richtung gingen. Alex riss seine Hand weg und stopfte beide Hände in seine Hosentaschen. Sobald die Gruppe an ihnen vorbei war, murmelte er: „Sorry."

„Schon gut. Ich verstehe das."

Als sie den Hafen erreichten, gingen sie hinüber zu dem asphaltierten Bereich, von wo aus man direkt aufs Wasser blicken konnte.

„Es ist echt schön hier nachts", sagte Alex verträumt. Und nahm erneut Cams Hand. Bei der Geste wurde es Cam warm ums Herz. „Lass uns ein bisschen hier sitzen." Es gab eine Bank, von der aus man einen Blick auf die Trichtermündung hatte, und Cam führte Alex dorthin. Sie setzten sich, immer noch Händchen haltend.

Das Wasser bewegte sich unter dem Licht des Mondes wie Seide, und kleine Wellen schlugen in einem friedvollen Rhythmus an den Hafendamm. „Ich wohne gern an der See", sagte Cam.

„Ich auch. Wird seltsam sein, nächstes Jahr im Binnenland zu wohnen, wenn ich zur Uni gehe – *falls* ich zur Uni gehe."

„Ja. Ein bisschen anders als hier." Cam konnte sich nicht vorstellen, in der Großstadt zu leben. Er war in Cornwall aufgewachsen und an Meer und Himmel, Strände, Felder und Moorland gewöhnt. Er war einige Male in London gewesen, um Freunde zu besuchen, die dorthin gezogen waren. London war faszinierend, aber er würde es keine Woche lang aushalten, dort zu leben.

„Ja." Alex seufzte.

„Aber du willst trotzdem wegziehen?"

Alex zuckte die Achseln. Cam spürte, wie sich Alex' magere Schulter neben seiner eigenen hob. „Ja. Im Großen und Ganzen will ich das. Ich will weg von meinen Eltern. Und ich will einen Ort, wo ich ich selbst sein kann ... wo es sich sicher anfühlt, ich selbst zu sein."

„SIND deine Eltern denn so schlimm?"

Cam fand es schwer, sich das vorzustellen. Seine Eltern marschierten nicht gerade zusammen mit ihm auf irgendwelchen Pride Paraden – nicht, dass Cam schon bei einer mitgelaufen wäre – aber sie hatten auch nicht wie Arschlöcher reagiert, als er ihnen gesagt hatte, dass er bi war. Seine Mutter hatte nur geantwortet: „Das ist schön für dich, Schatz. Und es ist nett, dass du es uns sagst." Während sein Vater nur mit den Schultern gezuckt und gesagt hatte: „Wie auch immer. Hauptsache, du schwängerst niemanden, bevor du dafür bereit bist."

„Sie sind ziemlich furchtbar, um ehrlich zu sein." Alex rückte ein wenig näher. Ob um Trost zu suchen oder nur Wärme, vermochte Cam nicht zu sagen. Aber er verstand den Wink und ließ Alex' Hand los, damit er seinen einen Arm um Alex' Schultern legen konnte. Alex schmiegte sich noch näher an ihn, und dann schauten sie für eine Weile hinaus auf das dunkle Wasser, in dem sich die Lichter des Hafens spiegelten. Eine Motoryacht steuerte in den Hafen, um für die Nacht festzumachen, und man konnte das entfernte Tuckern des Motors über dem Geräusch der Wellen hören. „Das ist so schön", sagte Alex.

„Was ist schön?", fragte Cam.

„Hier zu sein ... so mit dir zusammen."

Cam studierte Alex' Profil im dämmrigen Licht der Straßenlampen, seine gerade Nase und die vollen Lippen.

„Was guckst du dir an?" Alex drehte den Kopf, und ihre Gesichter waren nur Zentimeter voneinander entfernt.

„Ich bewundere nur die Aussicht", sagte Cam, dann lachte er prustend. „Oh mein Gott, das war der kitschigste Anmachspruch aller Zeiten. Tut mir so leid."

„Schh. Verdirb es nicht." Alex grinste. „Ich würde ja sagen, ich hab' schon schlimmere gehört, aber das wäre gelogen."

„Auweia. Vielen Dank auch."

„Nein! Ich meine nur, dass bei mir überhaupt noch nie jemand einen Anmachspruch gebracht hat."

„Okay, jetzt fühle ich mich schon ein bisschen besser." Cam war kurz davor, einen Annäherungsversuch zu wagen, aber er zögerte. Alex war jung – rechtlich gesehen alt genug, aber eigentlich noch ein Kind. Und je mehr Zeit sie miteinander verbrachten, umso mehr erhärtete sich Cams Verdacht, dass Alex noch sehr unerfahren war. Cam wollte nicht das Arschloch sein, der ihn zu irgendetwas drängte, wozu er noch nicht bereit war.

Während ihm diese Gedanken durch den Kopf gingen, beugte Alex sich plötzlich vor und drückte unbeholfen seine Lippen auf Cams.

Verdutzt erstarrte Cam eine fatale Sekunde lang, und Alex riss mit einem verletzten Gesichtsausdruck den Kopf zurück. „Tut mir leid, sorry." Er entzog sich der Wärme von Cams Arm. „Mein Fehler. Ich dachte, du wolltest ... tut mir leid."

„Nein!" Cam hielt ihn davon ab, sich noch weiter zurückzuziehen, indem er Alex' Hand ergriff. „Nein, ich wollte. Ich will ... Du hast mich überrascht, das war alles."

Alex sah immer noch völlig verunsichert aus, also verlieh Cam seinen Worten Nachdruck. Er packte Alex' Kinn, dann beugte er sich langsam zu ihm und presste seine Lippen auf Alex' Mund. Cam liebte es zu küssen. Es war ganz ehrlich eine seiner Lieblingsbeschäftigungen – vor allem mit Männern. Er mochte die Kombination von weichen Lippen und kratzigen Bartstoppeln. Und er genoss die Intimität von langsamen, zärtlichen Küssen wie die, die er gerade jetzt Alex gab. Aber ihm gefielen auch gröbere, leidenschaftliche Küsse – von der tieferen und verlangenden Sorte, wenn man gerade jemanden fickte und seinen Körper auf jede nur erdenkliche Art und Weise mit dem des Partners verbinden wollte.

Cam rückte näher und schob seine Hand in Alex'

Haar. Er lächelte, als Alex die Hände hob, um Cams Gesicht zu berühren, und dessen Bartstoppeln mit den Fingerspitzen streichelte. Zuerst war Alex passiv und überließ Cam das Ruder. Aber nach und nach wurde er selbstsicherer und ahmte Cam nach, indem er die sanften Berührungen ihrer Lippen erwiderte. Cam spürte, wie sich Erregung in seinem Unterleib entfaltete wie eine Blume, die ihre Blütenblätter öffnete. Er küsste Alex drängender, und als sich ihre Zungen das erste Mal berührten, wurde er mit einem leisen Stöhnen von Alex belohnt.

Cam verlor jedes Zeitgefühl, während sie knutschten. Es war schon lange her, dass er zuletzt jemanden so geküsst hatte, ohne die Dinge weiter voranzutreiben. Es erinnerte ihn an seine Teenagerzeit, als er stundenlang mit jemandem herummachen konnte, ohne auch nur eine Hand in dessen Hose zu bekommen. Er wollte mehr, aber nicht hier. Im Augenblick waren sie vielleicht allein, aber es konnten andere Leute unterwegs sein, und sie mussten sich vorsehen.

Und tatsächlich ertönten Schritte und Stimmen. Cam riss sich erschrocken los.

„Was ist los?", fragte Alex atemlos. Seine Lippen glänzten feucht.

„Es kommt wer." Cam nickte in Richtung der Straße hinter ihnen, wo eine weitere Gruppe von Leuten sich nach einem vergnüglichen Abend auf den Heimweg gemacht hatte.

„Oh Scheiße. Das hab' ich gar nicht mitgekriegt."

Grinsend antwortete Cam: „Ich nehme das als Kompliment."

„Das solltest du auch." Alex lächelte verlegen. „Ich

glaube, ich hätte es nicht einmal bemerkt, wenn jemand diese Bank in Brand gesetzt hätte." Dann seufzte er. „Ich sollte wohl nach Hause. Ich soll nämlich während der Prüfungen eigentlich nicht abends ausgehen, deshalb will ich zu Hause sein, bevor meine Eltern zurückkommen."

„Und wann wäre das?"

„So um Mitternacht."

Cam nahm sein Handy heraus, um die Zeit zu checken. „Ähm ... Alex, es ist jetzt Viertel vor zwölf. Wie lange brauchst du bis nach Hause?"

„Scheiße!" Alex sprang auf. „Etwa zehn Minuten. Ich muss rennen. Sorry."

„Hättest du gern Gesellschaft dabei?" Cam war noch nicht bereit, ihn gehen zu lassen.

„Ja. Okay."

Alex hatte keinen Witz gemacht, als er sagte, er würde rennen. Sie durchquerten das Stadtzentrum im schnellen Laufschritt, und Alex wurde auch nicht langsamer, als sie begannen, einen der steilen Hügel zu erklimmen, die ins Randgebiet von Porthladock führten.

„Heiliges Kanonenrohr, du bist echt fit." Cam war überrascht. Alex sah nicht wie der sportliche Typ aus.

„Ich mache in der Schule Geländelauf", sagte Alex. „Auf diese Weise blieb mir der Mannschaftssport erspart; es war also das kleinere Übel."

Cam lachte schnaubend, zu sehr aus der Puste, um die Unterhaltung weiterzuführen. Er war erleichtert, als die Straße schließlich ebener wurde. Nachdem sie an einigen Wohnanlagen vorbeigekommen waren, bog Alex in einer der engeren Straßen ein, die von größeren und älteren Wohnhäusern gesäumt waren. Es gab hier keine Straßenlampen, aber an einigen Häusern brannte die Terrassenbe-leuchtung. Im Schatten eines großen Rhododendronbusches, der das Licht des Hauses dahinter blockierte, hielt Alex schließlich an. „Hier wohne ich." Er deutete auf das Gebäude. Es war riesig und sah teuer aus, mit einem wunderschönen, gepflegten Vorgarten. Ein nagelneuer Range Rover parkte in der Auffahrt. Alex' Eltern mussten sehr wohlhabend sein.

„Wow. Nettes Heim."

Alex zuckte die Achseln. „Kann sein."

Er wirkte unbehaglich, also wechselte Cam das Thema. „Kann ich deine Nummer haben? Ich würde dich gern wiedersehen."

„Ja?" Alex strahlte. „Cool. Und ja, natürlich."

Cam holte sein Handy heraus, entsperrte es und öffnete seine Kontaktliste. Dann gab er es Alex. „Trag dich ein. Ich schicke dir nachher eine Nachricht."

Immer noch lächelnd tippte Alex seine Nummer ein, dann gab er das Telefon zurück.

„Danke", sagte Cam. „Hast du noch Zeit für einen letzten Kuss? Wir können es dieses Mal ein wenig schneller machen."

„Ja." Alex blickte sich in die Richtung, aus der sie gekommen waren, um. „Ich höre den Wagen, wenn sie in die Straße einbiegen; dann schaffe ich es immer noch, vor ihnen im Haus zu sein." Er wandte sich wieder zu Cam um. Etwas von seiner vorherigen Selbstsicherheit hatte sich in Luft aufgelöst, und er leckte sich nervös die Lippen.

„Komm her." Cam öffnete die Arme, und Alex trat so eifrig in seine Umarmung, dass Cam nach hinten stolperte und von der taillenhohen Steinmauer, die den Garten umgab, gebremst wurde. „Langsam."

„Sorry", sagte Alex. Und dann küssten sie sich erneut.

Da ihre Zeit nun so begrenzt war, hatte der Kuss etwas Drängendes. Sofort baute sich Cams Erregung auf – ganz anders als das sanfte Anschwellen zuvor – und er stöhnte, als Alex sich zwischen seine leicht gespreizten Beine schob. Die Steinmauer drückte sich ein wenig schmerzhaft in Cams Hinterbacken, aber das kümmerte ihn nicht, denn er spürte Alex' Erektion hart an seiner eigenen. Zu wissen, dass sie heute Nacht nicht weitergehen konnten, war die reinste Folter. Aber vielleicht ein anderes Mal...

Das Geräusch eines Motors ließ Alex zurückzucken. „Das sind sie wahrscheinlich. Ich muss gehen." Er drückte Cam einen letzten Kuss auf die Lippen, dann rannte er los. Als er die Ecke der Auffahrt umrundete, rief er über die Schulter zurück: „Schick mir eine Nachricht!"

„Mach ich." Cam ging ein Stück weg, damit es nicht so aussah, als würde er das Haus abchecken.

Er hörte Alex die Haustür zuschlagen, und im selben Moment fuhr das Auto – ein Porsche – an ihm vorbei, bremste ab und setzte den Blinker. Keiner der Leute im Wagen schenkte Cam Aufmerksamkeit, weshalb er seine Neugier nicht bändigen konnte, sobald der Wagen in die Auffahrt eingebogen war. Cam schlich zurück und lugte gerade rechtzeitig durch die Zweige am Rand des Rhododendrons, um zu sehen, wie eine glamouröse Blondine an der Beifahrerseite ausstieg. Ihre hohen Absätze klapperten auf dem Asphalt, als sie zur Haustür ging.

Ein gut gebauter Mann stieg aus der Fahrertür, und

Cam erstarrte, als er dessen Profil im Licht der Terrassenbeleuchtung sah.

Auf keinen verdammten Fall. Das kann er nicht sein.

Aber er war es.

Cam drehte sich der Magen um. *Heilige Scheiße.*

Alex' Vater war niemand anderes als Martin Elliot: örtlicher Millionär, Geschäftsmann, Ex-Mitglied der rechten Unabhängigkeits-Partei, heute Tory-Anhänger und rundum bigottes Arschloch. Nicht nur das – er war auch derjenige, der diesen Schmähbrief an die Presse geschickt hatte, um öffentlichen Widerstand gegen Rainbow Place zu schüren.

Cam empfand heftiges Mitgefühl. Kein Wunder, dass Alex sich nicht outen wollte, bevor er sein Elternhaus verlassen hatte, wenn der arme Kerl diesen Wichser zum Vater hatte. Kopfschüttelnd eilte Cam davon in die Nacht.

ALS CAM NACH HAUSE KAM, fand er seinen Freund und Mitbewohner Wicksy – Simon Wicks für Leute, die nicht zu seinen Freunden zählten – schnarchend auf dem Sofa vor. Der Fernseher lief, ein Teller, auf dem nur noch Krümel waren, befand sich auf Wicksys Schoß, und eine halbvolle Flasche Bier stand auf dem Couchtisch.

Cam setzte sich neben ihn aufs Sofa und sagte: „Hey, du fauler Wichser. Willst du das Bier noch austrinken?"

„Hä?" Wicksy schreckte aus seinem Schlummer. „Oh. Du bist es."

„Wen zum Henker hast du denn erwartet?" Cam schnappte sich die Bierflasche und nahm einen Schluck. Nach der unerwarteten Enthüllung von Alex' familiären

Verbindungen brauchte er etwas, um seine Nerven zu beruhigen.

„Was war mit Alex?", fragte Wicksy und schaltete den Fernseher stumm. „Ist was mit ihm gelaufen?"

„Gewissermaßen."

„Gewissermaßen? Was heißt das?"

„Wir haben nur geknutscht."

„Ah. Und jetzt bist du stattdessen nach Hause gekommen, voll aufgegeilt? Tja, zu dumm. Hier hast du auch kein Glück." Wicksy grinste. „Aber wenn ich in dieser Richtung Neigungen hätte, würde es echt gut sein, nur dass du's weißt. Wir wären super Fickfreunde."

„Dein Arsch ist mir viel zu behaart zum Ficken", gab Cam zurück. Er war Wicksys spezielle Sorte Humor gewohnt und konnte genauso gut austeilen wie einstecken.

„Wie kommt es dann, dass du nicht zu mehr als Knutschen gekommen bist? Ich hätte geschworen, dass der Kleine scharf auf dich war."

„Nenn ihn nicht so, sonst komme ich mir wie ein Perverser vor. Er ist nur sechs Jahre jünger als ich und alt genug für einvernehmlichen Sex."

„Ja, ja. Was auch immer. Ich verurteile ja nichts. Also, was ist dazwischengekommen?"

„Er musste nach Hause."

„Wirst du ihn wiedersehen?"

„Keine Ahnung." Cam runzelte die Stirn und nahm noch einen Schluck Bier.

„Keine Lust mehr?"

„Das ist es nicht. Ich stehe definitiv auf ihn, und er ist ein echt lieber Kerl, aber ... sein Vater ist Martin Elliot."

Wicksy riss die Augen auf, und seine Kinnlade klappte

so weit herunter, dass es witzig gewesen wäre, hätte der Grund für seine Überraschung Cam nicht immer noch schwer im Magen gelegen. „Ach du Scheiße!"

„Ja. Genau." Cam seufzte schwer. „Und so sehr ich Alex auch mag, ich bin nicht sicher, ob ich da hineingezogen werden will. Er ist nicht out und hat auch nicht vor, daran etwas zu ändern, solange er noch bei seinen Eltern lebt. Normalerweise würde mir das nichts ausmachen. Ich kann diskret sein. Aber was, wenn wir auffliegen? Was, wenn sein Vater es herausfindet?"

„Ja, sicher, Kumpel. Das könnte hässlich werden. Ich kann's dir nicht verdenken, dass du dich da lieber raushältst."

„Außerdem glaube ich, mit seinen bevorstehenden Abschlussprüfungen und ein Schwulenhasser als Vater hat Alex schon genug um die Ohren. Sich mit mir einzulassen würde sein Leben nicht gerade weniger kompliziert machen. Ich denke, er hat einen Freund viel nötiger als eine romantische Beziehung."

„Wer hat denn irgendwas von einer romantischen Beziehung gesagt?" Wicksy hob die Brauen. „Das klingt recht ernsthaft und so gar nicht nach dir."

„Ja, ja." Cam bekam heiße Wangen. Er hatte keine Ahnung, wie das Wort „romantisch" über seine Lippen gekommen war. „Aber du weißt, was ich meine."

„Tja, das ist sehr nobel von dir, Alter." Ausnahmsweise hörte es sich dieses Mal nicht so an, als würde Wicksy ihn auf den Arm nehmen. „Und du hast wahrscheinlich recht. Klingt, als hätte er schon genug Stress."

„Das Problem ist nur, ich glaube, er steht auf mich." Cams Telefon brannte praktisch ein Loch in seine Hosentasche. Er sollte Alex eine Nachricht schreiben und checken, ob er ohne Stress mit seinen Eltern ins Haus gekommen war. Aber er wusste nicht recht, was er schreiben sollte. „Ich habe mir seine Nummer geben lassen und ihm gesagt, dass ich ihn wiedersehen will. Aber jetzt ...“

„Jetzt hast du Zweifel.“

„Na ja, ich will ihn wiedersehen. Aber ich finde, es ist am besten, wenn ich das nur als Freund tue, und ich bin sicher, dass er sich mehr erhofft.“ Genau wie Cam auf mehr gehofft hatte, bevor er erfahren hatte, wer Alex’ Vater war.

„Du musst ihm sanft beibringen, dass zwischen euch nichts laufen kann. Ist ja nicht so, als hättest du darin nicht jede Menge Übung.“

„Ja.“ Wicksy hatte recht. Cam hatte reichlich Übung darin, die „Lass und einfach nur Freunde sein“-Ansprache zu halten – normalerweise mit Frauen, aber gelegentlich auch mit Typen. Cam war kein Arschloch, er hatte nur einfach etwas gegen feste Beziehungen und neigte dazu, das Weite zu suchen, bevor die Dinge zu ernsthaft wurden.

Er trank den letzten Rest Bier, dann stellte er die leere Flasche auf den Tisch und stand auf. „Okay, ich gehe jetzt ins Bett. Wir sehen uns morgen früh.“

„Nacht.“ Wicksy schaltete den Ton des Fernsehers wieder an und lehnte sich auf dem Sofa zurück. Cam schätzte, dass es keine fünf Minuten dauern würde, bis er wieder eingeschlafen war.

Sobald er im Bett war, schrieb Cam Alex eine Nachricht.

Cam hier. Ich hoffe, du bist ohne Probleme ins Haus

gekommen. Schlaf gut. Er las alles noch einmal durch, um zu sehen, ob es freundlich genug klang, ohne Alex falsche Hoffnungen zu machen. Er fand es in Ordnung, also drückte er auf Senden.

Cam war ziemlich erledigt und bereit zum Schlafen. Er schaltete sein Handy stumm und wollte es gerade weglegen, da blinkte Alex' Antwort auf. *Es war schön heute Abend. Danke.*

Fand ich auch, antwortete Cam. Die Versuchung, sofort zurückzuschreiben, war zu groß, auch wenn er wusste, dass er es vielleicht besser nicht tun sollte.

Wann kann ich dich wiedersehen?

Normalerweise gefiel es Cam, wenn Leute mit ihrem Interesse an ihm nicht hinter dem Berg hielten. Wenn es auf Gegenseitigkeit beruhte, war es gut, die Sache voranzutreiben, und wenn nicht – nun ja, dann war es besser, auch damit offen und ehrlich zu sein. Aber mit Alex war das alles nicht so einfach. Es war unheimlich verlockend, die Vernunft auszuschalten und einfach seinen Instinkten zu folgen. Cam fühlte sich zu Alex hingezogen, und nachdem sie sich geküsst hatten, war Cam ziemlich sicher, dass die Chemie zwischen ihnen gut wäre, wenn sie weitergehen würden. Aber nein.

Hast du morgen Zeit? Wir könnten uns treffen und erstmal reden. Cam wollte Alex nicht per Textnachricht eine Abfuhr erteilen. Er schuldete Alex eine Erklärung, aber er wollte ihm auch keinesfalls falsche Hoffnungen machen.

Okay :) Gute Nacht

Nacht. Cam schaltete sein Handy stumm und legte es mit dem Display nach unten auf den Nachttisch. Er schaltete das Licht aus, zog die Bettdecke hoch und schloss die Augen. Er erinnerte sich an Alex' zunächst zaghafte Küsse und an die Leidenschaft, die sich zwischen ihnen aufgebaut hatte, als sie sich den Zärtlichkeiten hingegeben hatten. Und dann, *verdammt*, der letzte Kuss, bevor Alex den Wagen seiner Eltern gehört hatte. Cam schob seine Hand unter die Bettdecke und drückte seinen Schwanz durch den Stoff der Boxershorts, als er sich ausmalte, was sie vielleicht getan hätten, wäre ihnen noch Zeit geblieben.

Nein.

Sich einen runterzuholen, während er an Alex dachte, würde ihm ganz bestimmt nicht dabei helfen, morgen Entschlossenheit zu zeigen. Er schob den Gedanken beiseite und ließ seinen Schwanz in Ruhe. Angetörnt und ein wenig aufgewühlt wälzte er sich eine Zeitlang im Bett hin und her, bevor es ihm endlich gelang einzuschlafen.

DREI

Alex erwachte am Sonntagmorgen voller nervöser Erwartung, weil er später Cam wiedersehen würde. In seinem Bauch tanzten Schmetterlinge, und er bekam eine Erektion, als er sich Cam vorstellte und sich daran erinnerte, wie es sich angefühlt hatte, ihn zu küssen. Letzte Nacht hatte er sich einen runtergeholt, sobald er in seinem Zimmer gewesen war, aber heute Morgen war schon bereit für Runde zwei seiner Fantasien mit Cam in der Hauptrolle.

Während er seinen Schwanz massierte, schloss Alex die Augen und ließ die Bilder einfach kommen. Alles, was er gern versuchen würde – Cams Schwanz zu lutschen und umgekehrt, oder sich gegenseitig zu wichsen, während sie sich küssten ...

Alex kam mit einem unterdrückten Stöhnen. Er ergoss sich über seine Faust und auf sein T-Shirt.

Atemlos öffnete er die Augen und lächelte die Zimmerdecke an. Ein aufgeregtes Glücksgefühl ließ sein Herz hämmern. Vielleicht würden sie bald das eine oder andere aus seinen Fantasien wirklich tun – vielleicht sogar schon heute, falls sie einen Ort für sich allein hatten, an den sie gehen konnten. Er fragte sich, wie Cams Wohnsituation wohl aussah, denn auf gar keinen Fall konnte Alex ihn zu sich einladen, falls seine Eltern nicht irgendwo unterwegs waren.

Nach einer schnellen Dusche ging Alex nach unten, um zu frühstücken. Der Duft von Kaffee lag in der Luft. Seine Eltern waren bereits auf und saßen am Küchentisch. Seine Mutter las in ihrem Kindle, und sein Vater war an seinem Laptop.

„Morgen, Alex", begrüßte ihn seine Mutter.

„Morgen." Alex ging geradewegs zum Brotkasten und steckte zwei Scheiben in den Toaster.

Sein Vater sah nicht von seinem Laptop auf. Er scrollte stirnrunzelnd durch irgendetwas auf dem Bildschirm. „Ich begreife nicht, wieso so viele Leute diese lächerliche Unternehmung unterstützen. Wie es aussieht, war der Laden am Eröffnungsabend gerammelt voll."

Alex erstarrte mit der Hand an der Kühlschranktür.

„Was meinst du, Schatz?"

„Dieses verdammte Schwulenlokal. Ich begreife es einfach nicht. Facebook ist voll von Fotos, und es sieht aus, als wäre die halbe Stadt gestern dort gewesen."

Alex drehte sich der Magen um. Er hatte nicht bemerkt, dass irgendwer Fotos gemacht hatte, als er dort gewesen war. Was, wenn er auf einem der Bilder zuerkennen war? Er zwang sich dazu, sich so normal wie möglich zu verhalten, als er O-Saft aus dem Kühlschrank holte. Aber als er sich ein Glas eingoss, zitterte seine Hand sichtlich.

„Ich bin sicher, das ist nur ein Strohfeuer. Der Reiz des Neuen. Das lässt bald wieder nach", sagte Alex' Mutter.

„Na, hoffentlich. Oder vielleicht wird es noch einmal verwüstet und beschmiert." Sein Vater schnaubte. „Zumindest gibt es eindeutig noch ein paar andere Leute in der Stadt, die in diesem Lokal ein Problem sehen."

Alex biss die Zähne zusammen und stellte die Saftflasche zurück. Sein Vater hatte kein Geheimnis aus seiner Freude darüber gemacht, dass das Café Anfang der Woche Ziel von Vandalismus geworden war. Es hatte ihn über die Maßen befriedigt. Das war für Alex zum Teil der Grund gewesen, warum er sich entschlossen hatte zu helfen.

Zu seiner Erleichterung geriet die Unterhaltung seiner Eltern ins Stocken. Alex bestrich sein Toast mit Butter und Marmelade, dann nahm er seinen Teller und sein Glas und ging zur Küchentür.

„Willst du nicht mit uns am Tisch essen?", fragte seine Mutter mit hochgezogenen Augenbrauen. Als Alex sechzehn geworden war, hatte sie endlich das Verbot aufgehoben, in seinem Zimmer zu essen. Aber begeistert war sie davon immer noch nicht.

„Nein. Ich habe haufenweise zu lernen, und ich will so früh wie möglich anfangen." Das stimmte sogar. Alex hatte in der kommenden Woche drei Prüfungen vor sich, davon die erste schon am Dienstag, und er musste definitiv lernen.

„Na ja. Denk daran, deinen Teller nachher wieder mit runter zu bringen."

„Natürlich." Damit flüchtete Alex in das Refugium seines Zimmers.

Es war traurig, wieviel Zeit er damit verbrachte, seinen

Eltern aus dem Weg zu gehen. Sicher, es gab nur Wenige in seinem Alter, die viel Zeit mit Mutter und Vater verbrachten, aber Alex wollte seine Eltern noch weniger um sich haben als der durchschnittliche Teenager. Beim Abendessen war es immer am schlimmsten. Seine Mutter bestand darauf, dass sie als Familie zusammen aßen, was bedeutete, dass sie ihn wegen seiner Hausaufgaben löcherten oder er sich ihre rechtsextremen, fremden- und schwulenfeindlichen Ansichten zu allem, was gerade in den Nachrichten war, anhören musste.

Alex setzte sich an seinen Schreibtisch, holte seine Unterlagen zum Fach Wirtschaftswissenschaft hervor und begann, halbherzig einige seiner Notizen zu lesen. Es war schwer, sich zu konzentrieren – er saß auf glühenden Kohlen und wartete darauf, dass Cam sich bei ihm meldete. Er öffnete erneut seine Textnachrichten und las noch einmal, was sie einander in der vergangenen Nacht geschrieben hatten. Er machte sich Sorgen, zu eifrig geklungen zu haben, aber immerhin war es Cam gewesen, der nach seiner Nummer gefragt hatte.

Vielleicht sollte er Cam kontaktieren? Dann würde er nicht herumsitzen und warten müssen. Aber er war derjenige, der vor dem Schlafen die letzte Nachricht geschickt hatte, also erschien es vielleicht zu drängend, wenn er jetzt wieder anfing.

Ach. Alex wusste, er grübelte zu viel über alles, aber es war unmöglich, sich nicht den Kopf zu zerbrechen.

Um halb elf gab sein Telefon einen Glockenton von sich und rettete ihn aus seinen zerstreuten Versuchen, etwas zu lernen. Er griff so hastig danach, dass er es fast vom Tisch gefegt hätte. Alex' Herz tat einen Hüpfer, als er sah, dass es eine Nachricht von Cam war.

Hi. Wie geht's dir heute?

Gut, danke :) Wollen wir uns nachher treffen?, schrieb Alex, aber dann überlegte er es sich anders und löschte den zweiten Teil, bevor er seine Antwort abschickte.

Cams nächster Text lautete: *Wollen wir uns heute auf einen Kaffee treffen oder so?* Alex ballte triumphierend die Faust, froh, dass Cam als Erster gefragt hatte.

Ja, das wäre cool. Wann und wo?

Wie wär's im Skinner's Cove Café, 2 h?, schlug Cam vor.

Perfekt, antwortete Alex.

OK, bis dann

Alex schickte einen erhobenen Daumen als Antwort, und danach blieb sein Handy stumm. Er legte es zur Seite, ein Lächeln im Gesicht und Schmetterlinge im Bauch.

SKINNER'S COVE war ein kleiner Sandstrand zwischen felsigen Landzungen nördlich von Porthladock, von Alex' Zuhause bequem zu Fuß zu erreichen. Es war ein beliebtes Fleckchen sowohl bei Touristen als auch Einheimischen, und das Café war den ganzen Tag geöffnet.

Zu aufgeregt, um noch länger zuhause zu warten, kam Alex eine halbe Stunde zu früh und fand eine geschützte Stelle an der Strandmauer nahe des Cafés, wo er in der Sonne sitzen konnte. Der Strand war einer von Alex' Lieblingsplätzen, auch wenn er und Cam hier im Sand keine Privatsphäre haben würden. Alex hatte zumindest auf ein wenig mehr Knutschen gehofft – vielleicht konnten sie nachher irgendeinen geschützten Platz finden.

Während er wartete, ließ Alex die Gedanken schweifen und beobachtete die Leute am Strand. Es war windig und kühl, trotz der Sonne, weshalb viele der Erwachsenen hinter Windschutzen kauerten, während ihr Nachwuchs im Sand spielte oder sich ins Wasser wagte, um anschließend bibbernd zurückzukehren, sofern sie keine Neoprenanzüge trugen. Ältere Kinder kletterten über die Felsen an beiden Seiten der Bucht und suchten in der beginnenden Ebbe die kleinen Meerwasserpfützen nach Krebsen ab.

Obwohl er hier aufgewachsen war, war Alex als Kind kaum je mit seinen Eltern am Strand gewesen. Sein Vater war immer zu sehr mit seiner Arbeit beschäftigt gewesen oder hatte mit Geschäftspartnern Golf gespielt, und Alex' Mutter hasste den Strand. Sie hatte Alex lieber ins sterile, öffentliche Schwimmbad mitgenommen, wo sie sich in einem Liegestuhl sonnen konnte, während Alex unter den wachsamen Augen eines Bademeisters im Wasser spielte. Nur gelegentlich war sie widerwillig mit ihm für eine Stunde an den Strand gegangen, wo sie die ganze Zeit lesend auf einer Decke verbracht und sich jedes Mal beschwert hatte, wenn er die Decke beim Spielen versehentlich mit ein paar Sandkörnern bewarf.

Als Alex zwölf wurde, erlaubten seine Eltern ihm, allein oder mit Freunden an den Strand zu gehen, und er hatte die verlorene Zeit so gut wie möglich nachgeholt. Der Strand war seine Zuflucht von Zuhause, und er liebte ihn zu allen Jahreszeiten und bei jedem Wetter. Vielleicht mochte er ihn im Winter am meisten, weil er ihn dann manchmal ganz für sich hatte. Wenn die See rau war, konnte er stundenlang hier sitzen und die Wellen beobachten, ihren wogenden Rhythmus, das Rauschen und Krachen, wenn sie am Strand brachen. Es war hypnotisierend und beruhigend.

Um kurz vor zwei verließ Alex seinen Platz im Sand und ging näher zum Café. Erneut erfasste ihn nervöse Vorfreude. Um nicht wie ein Idiot auf- und abzulaufen, setzte er sich auf eine niedrige Mauer. Von diesem Aussichtspunkt konnte er die Straße beobachten, die hinauf in die Stadt führte.

Er erkannte Cam, sobald er in der Kurve auftauchte, obwohl er noch ziemlich weit weg war. Alex beobachtete, wie er näher und näher kam, und konnte nicht fassen, dass er ihn gestern Abend tatsächlich geküsst hatte. Groß, muskulös und perfekt proportioniert sah Cam aus, als wäre er einem Magazin für Männermode entstiegen. Sein hellgraues T-Shirt betonte seine gebräunten Arme, und seine dunkelblauen Shorts enthüllte durchtrainierte Beine. Cam sah so heiß aus – es schien Alex unbegreiflich, dass er an jemandem interessiert sein könnte, der so nichtssagend war wie er selbst. Alex war nicht hässlich oder so etwas, er sah nur einfach ... normal aus: durchschnittlich groß, durchschnittlich gebaut, mittelbraunes Haar, das gerade so viele Locken hatte, um beim Stylen der reinste Alptraum zu sein, und dazu ärgerlich blasse Haut, die schnell zu Sonnenbrand neigte.

Alex hatte nicht erwartet, von Cam bemerkt zu werden, weshalb es ihn überraschte, als Cam die Hand zum Winken hob und dann schnurstracks auf ihn zukam.

„Hi." Er begrüßte ihn mit einem Lächeln, bei dem es Alex ganz flau im Magen wurde.

Hastig stand Alex auf und wischte sich den Sand von seiner Jeansshorts. „Hi."

Alex fragte sich, ob er Cam die Hand reichen oder es lieber mit einer Umarmung oder so versuchen sollte, aber er zögerte zu lange, und Cam selbst machte keine Anstalten, ihn irgendwie zu berühren, sondern fragte nur: „Wollen wir uns etwas zu trinken besorgen oder so?"

Alex nickte. „Ja, klar." Etwas zu bestellen würde helfen, die ersten, etwas verlegenen Minuten zu überbrücken.

Vor ihnen waren zwei Familien in der Schlange, was ihnen Zeit verschaffte, das Angebot auf der Schiefertafel hinter dem Tresen zu studieren. „Was willst du haben?", fragte Cam. „Ich gebe einen aus."

„Sicher?"

„Ja."

Alex war nicht in der Stimmung für Kaffee, und er mochte Eiscreme mehr als alles andere, aber er wollte vor Cam nicht wie ein Kind dastehen. „Was nimmst du?"

„Es ist zu warm für Kaffee. Vielleicht einen Smoothie."

„Oh, ein Smoothie klingt gut." Nicht ganz so gut wie Schokoladeneis im Hörnchen, aber jedenfalls besser als bitterer Kaffee.

„Welche Sorte?"

„Ähm ... Mango und Himbeere, bitte."

Danach warteten sie schweigend. Alex hätte gern versucht, ein Gespräch in Gang zu bringen, aber mit all den Leuten in der Nähe traute er sich nicht recht. Cams Schweigen war auch nicht gerade ermutigend. Bei ihren bisherigen Begegnungen war stets er derjenige gewesen, der Alex zum Reden gebracht und ihm die Nervosität genommen hatte.

Sobald sie ihre Drinks hatten, setzten sie sich an einen der Picknicktische vor dem Café. Er stand unter einem Sonnenschirm, und Cam nahm seine Sonnenbrille ab, also tat Alex es ihm gleich. Ihre Blicke begegneten sich für einen Moment, und Alex bekam heiße Wangen. Er erinnerte sich daran, wie sich Cams fester Körper letzte Nacht angefühlt hatte, dicht an seinen eigenen gepresst, und Erregung durchfuhr ihn wie ein Stromstoß. Rasch wandte er den Blick ab, nahm einen Schluck von seinem Smoothie und rührte dann mit dem Strohhalm darin. Das Schweigen zwischen ihnen war alles andere als angenehm. Alex wollte es nun verzweifelt beenden, denn es sah nicht so aus, als würde Cam es tun.

„Danke für das Getränk." Alex hob sein Glas und sah Cam erneut an.

„Gern geschehen."

„Vielleicht kann ich beim nächsten Mal die Getränke übernehmen", sagte Alex hoffnungsvoll. Er hatte irgendwo gelesen, dass Selbstbewusstsein angeblich sexy war. Und schließlich war Cam hier. Hätte er Alex nicht wiedersehen wollen, dann hätte er ihn nicht um seine Nummer gebeten oder ihm Nachrichten geschickt oder vorgeschlagen, dass sie sich heute trafen, richtig?

„Ja, vielleicht." Cam lächelte, aber es wirkte plötzlich ein bisschen angestrengt.

Alex' Herz rutschte ihm in die Hose; plötzlich hatte er keinen Appetit mehr auf seinen Smoothie. Er hasste dieses Gefühl von düsterer Vorahnung. All sein Optimismus war dahingeschmolzen, und Alex war ganz sicher nicht paranoid – Cam war eindeutig seltsam drauf und ganz und gar nicht so herzlich, wie Alex ihn kannte.

„Hör zu, wenn es ein Fehler war und du es dir anders überlegt hast, dann sag es einfach", platzte Alex heraus. Er dämpfte seine Stimme, denn das Letzte, was er wollte, war, dass irgendwer etwas mitbekam, sollte die Sache kein gutes Ende nehmen. „Wenn du bereust, was gestern Abend gewesen ist, dann wäre es mir lieber, du bringst es hinter dich und sagst es mir."

Cam riss die Augen auf. „Nein, das ist es nicht." Hoffnung flammte kurz in Alex' Brust auf, bevor Cams nächste Worte sie wieder zunichtemachte. „Aber wir müssen reden. Sorry ... wahrscheinlich ist das hier nicht gerade der beste Ort für ein Gespräch, oder?"

„Nein." Alex' Stimme klang rau. Es fühlte sich an, als wäre seine Kehle mit Schleifpapier belegt.

„Wir könnten ein wenig den Pfad hinauf spazieren, da hätten wir weniger Leute um uns."

„Okay." Alex stand sofort auf; er wollte es hinter sich bringen. Er trank rasch seinen Smoothie aus, und die eisige Mischung schmerzte an seinem Gaumen. Dann ging er zu den Stufen, die zum Weg hinunterführten, und warf seinen zerknüllten Becher unterwegs in den Mülleimer.

Der Klippenpfad verlief weg vom Strand und recht steil hinauf in einen kleinen, bewaldeten Bereich. Er war zu schmal, um nebeneinander zu gehen, und so folgte Cam Alex, der mit schnellen Schritten voranging. Sobald sie unter dem kühlen, grünen Dach der Bäume waren, sagte Alex: „Also, was willst du mir sagen?" Er wusste, er klang abwehrend und schnippisch, aber er konnte nicht anders.

Er war sich ziemlich sicher, dass er nichts Gutes zu erwarten hatte, und wollte einfach nur, dass Cam es endlich ausspuckte.

„Ich würde dich bei dem Gespräch gern anschauen können", sagte Cam etwas außer Atem. „Können wir irgendwo anhalten und uns setzen?"

„Wenn du willst." Alex ging sogar noch schneller. Er kannte den perfekten Platz. Einige Minuten später bog er links in einen kaum erkennbaren, überwucherten Weg ein. Sie folgten diesem Weg etwa fünfzig Meter weit, dann kamen sie an ein Schild, auf dem stand: *Steile Abhänge. Lebensgefahr!*, und gleich dahinter führte der Weg auf das Betondach eines Bunkers aus dem Zweiten Weltkrieg, der in die Klippe gebaut war. „Wird das hier gehen?", fragte Alex.

„Ja. Was für ein cooler Platz. Ich kann nicht fassen, dass ich keine Ahnung von diesem Ort hatte."

Alex setzte sich auf den sonnengewärmten Beton und lehnte sich mit dem Rücken an einen Klippenfelsen. Cam setzte sich neben ihn, nah, aber ohne ihn zu berühren. Während Alex darauf wartete, dass Cam zu reden anfing, verspürte er eine fast schmerzhafte Sehnsucht. Er starrte auf die Postkartenaussicht der gegenüberliegenden Landzunge und des tiefblauen Wassers der Flussmündung. Er hatte den Begriff „Liebeskummer" nie so richtig verstanden, aber sein Verlangen nach Cam war wie eine körperliche Krankheit.

„Also ... das gestern Abend war kein Fehler", sagte Cam in einem ruhigen, gemessenen Tonfall. „Ich bedaure nichts davon. Ich mag dich sehr, Alex, und ich hab unsere Zärtlichkeiten genossen." Cam schwieg für einen Moment, und Alex wartete mit klopfendem Herzen. „Aber ich denke, es ist das Beste, wenn wir einfach nur Freunde bleiben."

Alex atmete hörbar aus. Kalte Enttäuschung, gemischt mit einer großen Portion Frustration, überkam ihn. Alex war einen Seitenblick zu Cam, dann senkte er den Blick und starrte zwischen seine Füße. Er hob einen kleinen Stein auf und begann, sinnlos damit im Beton zu kratzen. „Aber wenn du mich magst und es genossen hast, mit mir herumzumachen, warum? Du warst derjenige, der sagte, du würdest mich gern wiedersehen. Und ich weiß, damit meintest du nicht, nur als Freunde. Also was hat sich seit gestern geändert? Oder hattest du zu viel Bier, und jetzt, wo du wieder nüchtern bist und klar siehst, gefalle ich dir dann doch nicht so gut? Warum also?" Alex kümmerte es nicht, dass er sich jämmerlich anhörte. Er war sauer, und er wollte, dass Cam ehrlich zu ihm war.

„Weil ich deine Eltern gesehen habe, Alex. Ich weiß, wer dein Vater ist."

Oh. Alex wurde ganz flau im Magen. Er konnte Cam nicht in die Augen sehen; er schämte sich zu sehr für seinen Vater und alles, wofür er stand. Obwohl er vermutete, dass die Schlacht bereits verloren war, machte Alex noch einen letzten Versuch. „Und? Ja, mein Vater ist ein Arschloch. Was macht das für einen Unterschied? Du musst ihn ja nicht treffen."

„Es tut mir leid, Alex." Cams Stimme war sanft. „Ich finde nur, du hast schon genug Schwierigkeiten, wenn du deine Sexualität vor einem Mann wie deinem Vater verbergen musst. Außerdem solltest du dich auf deinen Schulabschluss konzentrieren, damit du im September aus seinem Dunstkreis verschwinden kannst, stimmt's? Ich will dein Leben nicht noch komplizierter machen, als es schon ist."

Seine Freundlichkeit war nur die Nadel, die den Ballon der Wut zum Platzen brachte, der sich in Alex aufgebläht hatte, und sämtliche Luft entweichen ließ. Alex versuchte, die Tränen der Demütigung wegzublinzeln. „Aber es braucht doch niemand zu wissen. Bitte, Cam." Schließlich drehte er den Kopf, um Cam anzusehen. Cams Augen waren so blau wie das Wasser tief unter ihnen, der Ausdruck darin sanft und voller Bedauern.

„Es tut mir leid, Alex, aber mein Entschluss steht fest."

Das Mitleid in seinem Gesicht war unerträglich. Alex biss die Zähne zusammen. Er schleuderte den kleinen Stein hinaus aufs Wasser und sah zu, wie er sich im Fallen drehte. Zu Alex' Scham merkte er, dass sich eine Träne aus seinem Augenwinkel löste und heiß an seiner Wange hinab rann, bevor er sie wegwischen konnte.

„Es tut mir leid", sagte Cam erneut. „Und um das festzuhalten, ich meinte es ernst, als ich sagte, dass ich dein Freund sein will. Das war kein Spruch, um dich abzuwimmeln. Ich finde dich als Mensch unheimlich cool. Und falls du jetzt nicht völlig sauer auf mich bist, würde ich mich wirklich gern weiterhin mit dir treffen und zusammen abhängen."

Die Sekunden tickten dahin, während Alex überlegte. Wollte er Cam in seinem Leben haben, auch wenn er ihn nicht so haben konnte, wie er wollte? Die Emotionen waren wie eine heiße Faust, die in seine Brust packte, aber nach einer Weile ließ ihr Griff etwas nach und machte

Alex das Atmen leichter. Erneut schaute er Cam an. In dessen Gesicht stand Hoffnung.

„Ja, ich würde gern mit dir befreundet sein", sagte Alex leicht mürrisch. Auch wenn Alex keinen Mangel an Freunden litt, es war immer gut, mehr zu haben. Und einen älteren, schwulen Freund zu haben, war vielleicht besonders gut. Alex' Schwärmerei würde mit der Zeit nachlassen, und dann würde alles leichter werden.

Cam lächelte. „Gut." Und dann knurrte sein Magen, und das brachte beide zum Lachen. Die Spannung war gebrochen. „Sorry. Ich war zu nervös wegen dieses Gesprächs, um etwas zu Mittag zu essen. Wollen wir zurück zum Café und eine Portion Pommes essen?"

„Klar." Alex kam auf die Füße und hielt Cam seine Hand hin. Auch wenn sie nur Freunde waren, konnte er einer Gelegenheit, Cam anzufassen, nicht widerstehen. Er zog ihn hoch, dann starrten sie einander an, während sie sich immer noch an den Händen hielten. Alex sehnte sich nach mehr Körperkontakt.

„Umarmung?", fragte Cam, als könnte er Alex' Gedanken lesen. „Freund können sich in den Arm nehmen."

Alex nickte. „Ja." Cam öffnete die Arme und Alex machte den Schritt hinein. Es war warm und tröstlich, und Cam roch nach zitronigem Shampoo und frischem Schweiß. Alex drückte ihn an sich, atmete seinen Duft ein und sog Cams Stärke in sich auf, bis er bereit war, ihn wieder loszulassen. „Okay. Dann auf zu den Pommes."

Auf dem Weg zurück zum Strand ging Cam voraus, und Alex bewunderte seine breiten Schultern. Er versuchte, Cam nicht auf den Hintern zu starren – sie waren jetzt Freunde, und das wäre ihm ein wenig pervers vorgekommen. Immer noch lag die Enttäuschung wie ein Stein in seinem Magen, aber Alex würde irgendwie damit klarkommen. Er hatte schon so oft unerwidert für Jungs in der Schule geschwärmt, dass er wusste, er würde darüber hinwegkommen. Mit Cam befreundet zu sein war immerhin besser als gar nichts, besonders wenn Umarmungen dazugehörten.

VIER

Juni

CAM HATTE den Ton an der Xbox beim Spielen ganz leise gedreht, während Alex für seine Prüfung lernte. Er hatte seine Bücher an diesem Abend mitgenommen, um bei Cam zu lernen, denn seine Eltern waren ausgegangen. Cam hatte Alex gern bei sich im Wohnzimmer, selbst wenn sie beide jeweils ihr eigenes Ding machten. Er genoss einfach die Gesellschaft und Alex' stille Gegenwart.

Cam hatte Wort gehalten und sich darauf konzentriert, für Alex ein so guter Freund zu sein wie möglich. Er hatte immer noch Schuldgefühle, weil er einen Rückzieher gemacht hatte, weshalb er sich nun besonders bemühte, ihre Freundschaft zu kultivieren.

Alex stand eindeutig unter Stress wegen seiner Prüfungen und der ganzen Lernerei, und so ermutigte Cam ihn dazu, sich zu entspannen, wenn sie zusammen waren. Bei schönem Wetter gingen sie raus, an den Strand oder auf Spaziergänge, und manchmal joggten sie gemeinsam. Cam wollte in Form bleiben für den Beginn der Rugby-Saison im Herbst, und Alex war ein begeisterter Läufer – wie Cam an dem Abend herausgefunden hatte, als sie vom Rainbow Place aus den Hügel hinaufgerannt waren.

Wenn es regnete, besuchte Alex Cam zuhause, wo sie ein bisschen Xbox spielten oder fernsahen. Beide hielten brav alles Sexuelle aus ihrer Freundschaft heraus – außer den Umarmungen zur Begrüßung und beim Abschied spielte sich absolut nichts ab. Aber Cam freute sich stets auf die Umarmungen. Er liebte es, wie sich Alex' Körper an seinem anfühlte, und dass sie sich jedes Mal ein wenig länger festhielten, als für eine platonische Umarmung wirklich nötig war. Wenn sie an der Xbox waren, saßen sie so nah beieinander, dass sich ihre Knie oder Ellenbogen oft berührten. Cam musste sich gegen den Impuls wehren, seinen Arm um Alex zu legen. Er wusste, damit würde er die Linie überschreiten, die er selbst zwischen ihnen gezogen hatte, und es wäre nicht fair, die Grenzen zu verwischen. Manchmal erwischte er Alex dabei, wie er ihn ansah, und die Blicke verrieten Cam, dass sich Alex' Gefühle für ihn nicht geändert hatten.

Genauso wenig wie Cams Gefühle für Alex.

Wenn überhaupt, dann waren sie nur noch stärker geworden. Je mehr er über Alex lernte, umso mehr mochte er ihn. Alex war klug, witzig und ein total lieber Kerl. Auch wenn er ein paar Jahre jünger war als Cam – er war sehr reif für sein Alter. Zusammen mit Cams Zuneigung zu Alex wuchs auch die sexuelle Anziehung. Bei ihrer ersten Begegnung hatte er Alex schnuckelig gefunden, aber inzwischen gefielen ihm Dinge, die er auf den ersten Blick gar nicht bemerkt hatte: die Sommersprossen auf Alex' Nase, die die Sonne hervorgebracht hatte, oder wie er beim Reden seine Hände einsetzte, die vollen Lippen, und wie er sich auf die Unterlippe biss, wenn er gestresst war oder sich konzentrieren musste ... so wie jetzt gerade.

Heute Abend hatten sie Cams Wohnung ganz für sich, weil Wicksy mit ein paar anderen aus dem Rugby-Team etwas trinken gegangen war. Sie hatten auch Cam eingeladen mitzukommen, aber er hatte abgelehnt, nachdem Alex ihn per Textnachricht gefragt hatte, ob er vorbeikommen konnte.

Während er nun fleißig lernte, gab Alex gelegentlich ein Seufzen oder frustriertes Schnauben von sich, und seine Unterlippe war schon ganz rot, weil er die ganze Zeit an ihr nagte. Nach einem besonders schweren Seufzer hielt Cam sein Spiel an und legte den Controller zur Seite. „Kann ich dir helfen? Dich abfragen oder so?"

„Ja, das wäre super, wenn es dir nichts ausmacht. Aber das Zeug ist echt unheimlich langweilig, also entschuldige ich mich schonmal im Voraus."

Er hatte nicht unrecht. Da waren seitenweise Notizen über wirtschaftliche Ziele, betriebliche Leistungen und Produktivität. Alles böhmische Dörfer für Cam, der mit sechzehn von der Schule abgegangen war. Er hatte einen sehr ordentlichen Realschulabschluss, aber von diesem fachsprachlichen Kram hatte er keine Ahnung. Und auch nachdem er einiges davon mit Alex durchgegangen war, war er immer noch kein bisschen schlauer.

Alex schien jede Menge darüber zu wissen, aber es gab durchaus ein paar Dinge, bei denen er sich unsicher war.

„Willst du noch einmal den Abschnitt über Personalwesen durchgehen?", fragte Cam.

„Nein." Alex nahm Cam die Papiere aus der Hand, steckte sie zurück in seine Mappe und begann, seine Tasche zu packen. „Für heute habe ich die Nase gestrichen voll. Ich werde drüber schlafen und morgen früh noch einmal drübergucken." Er streckte sich und verzog das Gesicht, dann ließ er die Schultern kreisen und rieb sich den steifen Nacken.

„Tut dir was weh?"

„Ein bisschen steif vom langen Sitzen am Tisch. Aber lange muss ich das ja nicht mehr machen." Alex grinste verhalten.

„Na ja, zumindest nicht, bis du an der Uni anfängst." Cam ignorierte das flaue Gefühl in seinem Magen bei dem Gedanken, dass Alex Porthladock verließ.

„Ja." Ein Schatten huschte über Alex' Miene. „*Falls* ich an der Uni anfange." Einige der ersten Prüfungen hatten seiner Zuversicht einen Dämpfer verpasst. Mathe war gut gelaufen, aber seine ersten Wirtschaftslehre-Aufsätze bereiteten ihm Sorgen. Und zwei ähnliche Prüfungsarbeiten lagen noch vor ihm.

„Komm her." Cam, der auf dem Sofa saß, spreizte seine Beine und deutete auf den Teppich zwischen seinen Füßen. „Setz dich hierher."

„Warum?"

„Ich werde dich massieren, ein bisschen von der Verspannung in deinen Muskeln lösen."

Alex zögerte einen Augenblick und benagte erneut seine Unterlippe, bevor er zum einen Entschluss zu kommen schien. Dann setzte er sich auf den Platz, auf den Cam gezeigt hatte.

„Zieh dein Shirt aus", sagte Cam.

Nach einem weiteren kurzen Zögern entledigte Alex sich seines T-Shirts und enthüllte die makellose Haut seines Rückens. Trotz ihrer regelmäßigen Ausflüge an den Strand war seine Haut milchweiß. Meistens trug er am Strand ein Sporthemd – er behauptete, dass es für ihn sinnlos war, braun werden zu wollen, weil es einfach nicht passierte. Und Cam musste zugeben, dass da etwas dran war. Selbst Alex' Arme, die der Sonne oft ausgesetzt waren – wenn auch mit Sonnencreme mit Lichtschutzfaktor: *Höher geht's nicht* – waren nur einen Hauch dunkler als der Rest von ihm. Die Haut in seinem Nacken war glatt und so einladend, dass Cam plötzlich das unwiderstehliche Verlangen hatte, sie zu küssen.

Scheiße. Was hab' ich mir nur dabei gedacht?

Cam hatte die Massage vollkommen ohne Hintergedanken angeboten. Er wollte nur, dass Alex sich besser fühlte. Aber nun, da er drauf und dran war, diese verführerische Haut zu berühren, wurde ihm klar, dass es seine Selbstbeherrschung auf eine harte Probe stellen würde. Sein Herz pochte laut, und sein Atem war deutlich hörbar in der Stille des Raumes. Hastig nahm Cam die Fernbedienung, schaltete auf TV-Modus und zappte durch die Kanäle, bis er eine Tierdoku über Schmetterlinge fand. Das würde reichen müssen. Er brauchte dringend etwas Ablenkung.

Schließlich legte er seine Hände auf Alex' Schultern. Es waren wohlgeformte Schultern, aber nicht so breit wie Cams. Alex' Muskeln waren eher schlank als üppig, und

Cam konnte die Knochen darunter fühlen, als er seine Hände langsam hinauf zu Alex' Hals schob. Seine Haut war warm, und Cams Handflächen blieben ein wenig hängen, also wendete er weniger Druck an. Mit etwas Öl oder Lotion wäre es leichter gewesen, aber er wollte jetzt nicht die Spannung unterbrechen, die sich um sie herum aufgebaut hatte, gefährlich und suchterzeugend.

Cam benutzte seine Daumen und konzentrierte sich zunächst auf eine Seite, wo er sanft die Muskeln in Alex' Schulter und Nacken bearbeitete.

„Gott, das fühlt sich gut an." Alex ließ den Kopf nach vorn fallen. Als Cam ein wenig fester zudrückte, stöhnte Alex, und der Laut schoss Cam direkt in den Schwanz. Er bekam einen Harten in seinen Boxershorts, und sein Schwanz presste sich an seinen Oberschenkel, wo er gefangen war.

Cam wechselte zu Alex' anderer Schulter, gab ihr dieselbe Behandlung und wurde mit der gleichen Reaktion belohnt. Merkte Alex, dass er diese Sexlaute von sich gab? Cam wollte ihn deswegen necken, hielt sich aber zurück – er genoss Alex' Stöhnen zu sehr.

Viel zu sehr.

Cam entging völlig das Geräusch des Schlüssels in der Vordertür. Erst als Wicksy ins Zimmer platzte und sagte: „Hey Leute, was geht ab?", wurde Cam zu spät klar, dass sie erwischt worden waren. Wicksys Augenbrauen berührten fast seinen Haaransatz. „Oh, das sieht ja kuschelig aus. Ich hoffe, ich habe nicht bei irgendwas gestört?" Er zwinkerte Cam zu.

Alex riss sich von Cams Händen los und griff hastig

nach seinem T-Shirt. Die Haut in seinem Nacken färbte sich rot.

„Hast du nicht." Cam funkelte Wicksy an. „Ich habe Alex nur massiert, weil er einen steifen Nacken bekommen hatte."

„Ah, wie nett. Sehr ... brüderlich." Wicksy wusste ganz genau, dass zwischen Cam und Alex nichts lief. Und er wusste auch, dass Cam das in gewisser Weise bedauerte.

Als Wicksy sich in den Sessel fallen ließ und seine Aufmerksamkeit dem Fernseher zuwandte, stand Alex auf, um sein T-Shirt anzuziehen. Cam entging nicht die sichtbare Beule in Alex' Jeans.

Sein eigener Ständer musste ebenfalls sichtbar sein, wurde Cam klar, und er versuchte, die Dinge diskret zurechtzurücken. Aber als Alex' Kopf wieder über dem Halsausschnitt seines Shirts auftauchte, zuckte sein Blick zu Cams Hand in dessen Schoß, bevor Cam sie wegziehen konnte. Alex setzte sich wieder neben Cam aufs Sofa und schlang die Beine übereinander – offensichtlich ein Versuch, seinen Zustand zu verbergen. Zum Glück schaute Wicksy den Fernseher an, und nicht sie. „Was zum Henker guckt ihr euch da an? Kann ich umschalten?" Er schnappte sich die Fernbedienung und begann zu zappen, ohne auf eine Antwort zu warten. Schließlich hielt er bei einer Talkshow an, wo gerade eine Schauspielerin interviewt wurde. „Oh, die ist scharf."

„Ich sollte jetzt wohl ohnehin nach Hause gehen", sagte Alex. „Es ist schon spät, und morgen ist die Prüfung."

Mit einem Blick auf seine Uhr stellte Cam fest, dass es bereits halb elf war. Die Zeit war nur so verflogen. „Ich bringe dich zur Tür." Seine Erektion war nun unter

Kontrolle, und er wollte noch einen Augenblick allein mit Alex haben, um sich zu verabschieden.

An der Tür umarmte Cam Alex wie üblich, wenn auch etwas kürzer ... er wollte nicht noch einmal einen Ständer bekommen. „Tut mir leid wegen Wicksy."

„Schon gut. Danke für die Massage." Alex' Lippen bogen sich zu einem Lächeln, bei dem Cam sich unwillkürlich vorstellte, wie diese Lippen um seinen Schwanz herum aussehen würden. Verdammt, er musste wirklich aufhören, an solche Sachen zu denken.

„Hat sie gewirkt?"

„Ich glaube schon." Alex ließ die Schultern kreisen. „Auf jeden Fall hat sie mich abgelenkt." Er sah Cam direkt in die Augen und grinste. Diese Seite von Alex hatte Cam nicht mehr gesehen seit der Nacht, als sie sich geküsst hatten. Die Versuchung, darauf einzugehen, war nur allzu groß, aber dann ermahnte er sich, dass Alex am Morgen eine Prüfung hatte. Jetzt war auf keinen Fall ein guter Zeitpunkt, die Bedingungen ihre Beziehung durcheinanderzubringen. Immerhin ging es um Alex' Zukunft. „Gut." Cam trat einen Schritt zurück, um etwas dringend benötigten Abstand zwischen sie zu bringen. „Das ist gut."

Alex' Lächeln erstarb, aber er wirkte eher resigniert als enttäuscht. „Okay, ich mache mich jetzt besser auf den Weg."

„Viel Glück morgen", sagte Cam.

„Danke. Oh, dabei fällt mir ein ... hast du Lust, am Freitagabend was trinken zu gehen? Amber hat dann ihre letzte Prüfung hinter sich, und das heißt, alle meine Schulkameraden sind dann durch. Also gehen wir raus und feiern." Er schwieg einen Moment und wurde rot. Dann fügte er hinzu: „Außerdem habe ich morgen auch Geburtstag. Ein Grund mehr, am Freitag zu feiern. Morgen kann ich nicht rausgehen, weil übermorgen meine letzte Prüfung ist. Wahrscheinlich hast du sowieso keine Lust, mit einem Haufen Teenager abzuhängen, aber ich dachte mir, ich frage trotzdem. Du könntest auch Wicksy mitbringen, wenn du magst."

„Dein Geburtstag? Davon hast du gar nichts gesagt", antwortete Cam. „Ich würde total gern mitfeiern, und Wicksy mag bestimmt mitkommen. Er ist immer für so etwas zu haben. Wohin wollt ihr gehen?"

„Wir starten bei Amber daheim um acht Uhr. Ihre Eltern sind cool. Sie gehen an dem Abend ohnehin aus und sagten, wir könnten alle ein bisschen was im Haus trinken, damit wir nicht so viel Geld ausgeben müssen. Ich kann dir die Adresse auf dein Handy schicken."

„Okay. Dann sehen wir uns da."

AM FREITAG TAUCHTE Cam um kurz nach acht vor Ambers Haustür auf, mit Wicksy im Schlepptau. Im Haus lief laute Musik, und das tiefe Wummern des Basses drang durch die Tür, als Cam die Klingel betätigte.

„Wahrscheinlich hören sie das Klingeln gar nicht", sagte Wicksy, als niemand aufmachte. „Probier mal, ob die Tür offen ist."

Cam versuchte die Klinke, und in der Tat war nicht abgeschlossen. Cam ging voran, und sie folgten der Musik bis in die Küche. Dort fanden sie Amber, Sophia und Hayden am Küchentisch, auf dem diverse Flaschen und Mixer standen, sowie ein Eimer mit Eiswürfeln.

„Oh hey, Cam!", begrüßte Amber ihn mit einem breiten Lächeln. Sie stellte ihren Drink ab und stand auf, um Cam zu umarmen. „Wie geht es dir? Schön, dich zu sehen. Alex wird sich unheimlich freuen, dass du gekommen bist. Hi, Wicksy." Dann umarmte sie auch ihn.

„Hi, Leute." Hayden hob sein Glas. Sophia lächelte und winkte zur Begrüßung.

„Wo ist Alex?", fragte Cam.

„Er ist auf dem Weg. Habe gerade eine Nachricht von ihm bekommen", antwortete Amber.

„Oh, cool." Cam bemerkte Haydens amüsierten Blick.

„Bedient euch selbst und nehmt euch was zu trinken." Amber deutete auf den Küchentisch. „Wie ihr seht, machen wir Cocktails. Googelt einfach ein Rezept oder denkt euch selbst eins aus."

„Wir haben Bier mitgebracht", sagte Cam. „Wenn wir gewusst hätten, dass es Cocktails gibt, hätten wir etwas Interessanteres mitgebracht."

„Gib her; ich stell's in den Kühlschrank." Amber nahm Cam die Biere ab und trug sie davon.

Wicksy war bereits dabei, die Flaschenkollektion auf dem Tisch zu studieren, also beschloss Cam, sich der Cocktailgruppe anzuschließen. Schließlich musste er ein bisschen aufholen.

Als Alex eintraf, hatte Cam seinen ersten Drink zur Hälfte geleert. Er hatte sich einen Long Island Iced Tea gemacht und spürte bereits dessen Wirkung. Amber hatte noch zwei Stühle in die Küche getragen, und Alex ließ sich auf den neben Cam fallen. Er hatte rote Wangen und war ein wenig atemlos. „Hi zusammen. Sorry, dass ich so spät komme. Abendessen mit meinen alten Herrschaften dauerte ewig. Und dann musste ich noch Geschirr spülen, bevor ich los konnte."

„Herzlichen Glückwunsch zum Geburtstag nachträglich", sagte Cam grinsend. Dann reichte er Alex eine Geschenktüte. „Ist nichts Aufregendes, aber ..."

„Oh, cool. Danke." Alex zog ein Paar Laufsocken und eine Flasche Rum heraus. „Die lasse ich lieber in der Tüte, sonst wird die heute Abend noch leer."

„Wo wir gerade davon sprechen, soll ich dir einen Cocktail mixen?"

„Ja, bitte." Alex lächelte dankbar.

„Was hättest du gern?"

„Irgendwas. Das Gleiche, was du trinkst."

Cam schnappte sich ein sauberes Glas und begann, Alex' Drink zuzubereiten.

„Und? Wie lief deine letzte Prüfung, Amber?", fragte Alex.

„Ich glaube, ganz okay. Ist immer schwer zu sagen."

„Ja", stimmte Alex zu. „Auf die Ergebnisse warten zu müssen, ist echt scheiße."

„Wie lange dauert es, bis ihr Bescheid bekommt?" Cam reichte Alex sein Getränk. „Irgendwann im August, oder?"

„Danke." Alex nahm sein Glas und nippte daran. „Oh verdammt, ist der stark. Und ja, die Ergebnisse kommen Mitte August. Noch fast zwei Monate bis dahin."

„Können wir vielleicht mal über was anderes reden als über die Prüfungen?", fragte Hayden. „Der Grund für die Party ist schließlich, dass wir sie hinter uns haben!" Er stand auf und begann, sich im Rhythmus der Musik zu bewegen. „Amber, leg ein paar Dancetracks auf, ein bisschen was Schnelleres."

Amber nahm ihr Smartphone und scrollte. „Oh, ich habe noch die Playlist, die du für meine letzte Party zusammengestellt hast. Genau das Richtige."

„Jaa!" Sophia grinste und sprang auf, als das Intro von „Born this way" aus dem Lautsprecher auf dem Küchenschrank ertönte.

Amber tat es ihr und Hayden gleich, und die drei tanzten und hoben breit grinsend die Arme in die Luft, während Cam und die anderen ihnen zuschauten. „Alex, komm und tanz mit uns." Sophia streckte ihm eine Hand entgegen, und Alex ließ sich in ihren Kreis ziehen.

„Macht ihr mit?" Alex warf einen fragenden Blick über die Schulter zu Cam und Wicksy.

Cam stand sofort auf, und die kleine Gruppe teilte sich, um ihn in ihre Mitte zu nehmen. Wicksy blieb jedoch sitzen. „Ich bin noch nicht betrunken genug dafür. Ich bin viel zu hetero, um mich auch nur verdächtig zur Musik zu bewegen, bevor ich nicht völlig breit bin."

„Och, du armer Hetenjunge", säuselte Hayden. „Komm her, Süßer. Ich zeige dir, wie es geht."

Wicksy verdrehte die Augen, ging aber zu Hayden, der sofort seine Hände an Wicksys Hüften legte und versuchte, ihn zu führen. „Siehst du? So geht es. Du musst die Hüften wiegen. Stell dir einfach vor, du würdest mich ficken."

„Nichts für ungut, Kumpel. Aber ich glaube nicht, dass mir das hilft, in den richtigen Groove zu kommen. Du bist hübsch, aber nicht mein Typ. Ich stehe auf Frauen – für mich bitte nur Pussys, keine Penisse."

Cam musste über Wicksys derben Spruch lachen und bemerkte erst etwas zu spät, dass er der einzige war. Er schaute zu Alex hinüber und versuchte herauszufinden, was gerade passiert war. Er folgte Alex' Blick zu Sophia, deren Lächeln verschwunden war. Da war keine Spur mehr von dem fröhlichen, ausgelassenen Mädchen von vor wenigen Augenblicken. Ihr Gesicht war todernst, ihre Augen glänzten feucht, und sie stand stocksteif da, anstatt zu tanzen.

„Nicht alle Frauen haben Pussys", sagte sie. Dann stapfte sie zum Tisch und nahm ihr Glas. Amber folgte ihr und legte ihr einen Arm um die Schultern. Dann murmelte sie etwas in Sophias Ohr, das Cam nicht verstehen konnte. Plötzlich fiel der Groschen, und Cam begriff, warum sie und ihre Freunde so reagiert hatten.

„Was zum Henker ist hier gerade passiert?" Wicksy runzelte völlig verwirrt die Stirn. Niemand tanzte mehr, und die Stimmung war rasend schnell abgestürzt. „Cam? Was ist los?"

Cam schüttelte den Kopf. Es stand ihm nicht zu, Wicksy irgendetwas zu erklären. „Lass es einfach gut sein, Kumpel."

„Ich bin trans", sagte Sophia und drehte sich zu Wicksy um, den Kopf hoch erhoben. Ihre Augen funkelten herausfordernd. „Transgender. Ein Mädchen mit einem Schwanz."

Wicksy klappte das Kinn herunter, dann wurde er knallrot. „Oh, Scheiße."

„Ja", sagte Hayden.

„Das tut mir wirklich leid. Ich wollte mich nicht wie ein Arsch benehmen. Ich hatte keine Ahnung." Wicksys Wangen glühten immer noch, und er sah aus, als wollte er am liebsten im Erdboden versinken.

„Ich weiß", sagte Sophia achselzuckend. „Du hast nicht nachgedacht. Das geht den meisten Leuten so. Aber du hast dich wenigstens entschuldigt." Dann lächelte sie, und Cam fand sie umwerfend hübsch. „Vergessen wir es einfach. Lasst und lieber tanzen." Sie stellte ihr Glas zurück auf den Tisch, dann nahm sie Ambers Hand und zog sie zurück zu dem freien Platz, den sie als Tanzfläche benutzten. Amber ergriff Sophias Taille, und Sophia schlang locker ihre Arme um Ambers Hals. Sie grinsten einander an, als sie begannen, sich sexy zur Musik zu bewegen, eng aneinandergeschmiegt und Stirn an Stirn.

Hayden fuhr fort, Wicksy beizubringen, wie man die Hüften schwingt, und so blieben Cam und Alex übrig, um zusammen zu tanzen – aber nicht *zusammen*. Cam wäre Alex gern ein wenig näher gekommen, hätte ihn gern in die Arme genommen, um zu sehen, wie ihre Körper zusammenpassten. Aber das war gefährlich. Bei all der unterschwelligen Anziehung, die immer noch zwischen ihnen köchelte, konnten sie hier nicht Dirty Dancing spielen.

RAINBOW PLACE WAR GERAMMELT VOLL, als sie gegen halb zehn dort eintrafen. Draußen auf der Straße standen die Raucher mit ihren Drinks in den Händen und plauderten. Drinnen waren sämtliche Tische belegt, also ging die Gruppe direkt zur Bar, wo es noch Stehplätze gab und die Mädchen sogar noch zwei Hocker ergatterten.

Hinter der Bar stand Seb zusammen mit seinem Partner Jason, der an besonders belebten Abenden aushalf. Jason entdeckte Cam und die anderen, als sie hereinkamen, und begrüßte sie mit einem Lächeln und einem Winken.

Er stieß Seb an, der sich umdrehte und ebenfalls lächelte. „Hi, Leute. Wir sind in einer Minute bei euch."

Anstatt eine Runde zu ordern, bestellte sie getrennt. Amber kaufte Getränke für sich und Sophia.

Wicksy bot an, Hayden einen Drink zu spendieren. „Ich schulde dir einen für die Tanzstunde."

Hayden lachte. „Ich bin nicht sicher, ob ich eine große Hilfe war. Du bist ein ziemlich hoffnungsloser Fall, Alter. Aber danke. Ich nehme einen Whisky-Soda."

„Autsch." Wicksy grinste. „Na ja, du hast es wenigstens versucht."

„Kann ich dir einen ausgeben?", fragte Cam Alex. „Immerhin feiern wir deinen Geburtstag."

„Ja, okay. Ich nehme ein Lager, bitte."

„Welche Sorte?"

„Das Leichteste, was sie haben. Ich merke immer noch die Cocktails, aber da es mein erster legaler Drink in einer Bar ist, wäre es eine Schande, etwas Nicht-Alkoholisches zu nehmen."

Seb studierte übertrieben streng Alex' Führerschein, hielt in gegen das Licht und verglich das Foto aufmerksam und ausgiebig mit Alex, bis der verlegen errötete und lachend den Kopf einzog.

„Okay, scheint echt zu sein." Seb grinste und begann endlich, Alex' Bier zu zapfen. „Alles Gute zum Geburtstag."

Eine Zeitlang hielten sie sich in der Nähe der Bar auf, bis ein paar der Gäste mit dem Essen fertig waren und es Amber gelang, deren Tisch zu ergattern. Es gab nur vier Stühle, aber Wicksy hatte an der Bar Drew, den Captain ihres Rugby-Teams getroffen, sowie Luca, den Chefkoch von Rainbow Place, der gerade Feierabend gemacht hatte, und die drei waren ins Gespräch vertieft.

„Ich schaue mal, ob ich noch einen freien Stuhl finde", sagte Cam.

Ein paar Tische weiter gab es noch einen unbesetzten Hocker, den Cam zum Tisch zurücktrug und neben Alex' Stuhl stellte, bevor er sich setzte. Alex warf ihm einen Seitenblick zu und lächelte ihn schüchtern an.

„Alles klar?", fragte Cam. Die anderen drei unterhielten sich angeregt.

„Ja. Ein bisschen beschwipst, aber alles gut."

„Ich glaube, an seinem achtzehnten Geburtstag sollte man ein bisschen beschwipst sein. Ich erinnere mich nicht mehr genau an meinen eigenen, aber ich weiß noch, dass ich in irgendein Blumenbeet gekotzt habe, als hältst du dich auf jeden Fall besser als ich."

Alex lachte. „Ja. Ich habe definitiv vor, mein Abendessen bei mir zu behalten."

„Sehr weise. Und wie fühlt es sich an, vor dem Gesetz ein Erwachsener zu sein?"

Alex zuckte mit den Schultern. „Kein bisschen anders. Eher undramatisch. Aber endlich in einer Bar ein Bier bestellen zu können, ist cool, finde ich." Er hob sein Glas. „Prost."

Cam stieß mit ihm an. „Prost." Beide nahmen sie einen Schluck. „Also ... da jetzt deine Prüfungen hinter dir liegen, was willst du mit deiner Zeit anfangen? Irgendwelche spannenden Ferienpläne, bis die Ergebnisse feststehen?"

„Nein", antwortete Alex betrübt. „Ich werde hierbleiben und ein bisschen für meinen Vater arbeiten."

„Ja? Was für eine Arbeit ist das?"

„Ich helfe in seinen Ferienparks aus. Normalerweise reinige ich samstags die feststehenden Wohnwagen, aber jetzt werde ich unter der Woche noch die Toiletten und Duschen putzen." Alex sah nicht gerade begeistert aus.

„Aber es ist gut, etwas Geld hinzuzuverdienen, oder? Dann kannst du ein bisschen was sparen, bevor du an die Uni gehst." Erneut verspürte Cam diesen seltsamen Stich bei dem Gedanken, dass Alex fortging. Selbst Manchester, Alex' erste Wahl, lag gute fünf bis sechs Fahrtstunden entfernt. Und Alex würde wahrscheinlich nicht oft zu Besuch zurückkommen. Aber vielleicht konnten sie irgendwie zusammenkommen, sobald Alex out war – selbst wenn es so etwas wie eine Fernbeziehung sein würde.

„Ja, ich denke schon. Vorausgesetzt, ich komme dieses Jahr an die Uni." Alex verzog das Gesicht. „Ich bin nicht sicher, dass meine Noten ausreichen werden."

Cam schämte sich wegen des kurzen Aufflackerns der Hoffnung, dass Alex damit recht haben möge. Viel zu eifrig versicherte er ihm: „Ach, du hast das locker hingekriegt."

„Ich wünschte, ich hätte deinen Optimismus. Aber egal ... können wir über etwas anderes reden?"

Mit perfektem Timing drehte Hayden sich zu ihnen um und sagte: „Kill, fuck, marry: Die Hemsworth-Brüder."

„Kann ich alle drei ficken?", fragte Alex, während Cam sagte: „Ich kann sie nicht auseinanderhalten, aber ich bin ziemlich sicher, keiner von ihnen ist mein Typ."

„Hmm, ja, das stimmt wohl." Hayden warf einen Blick zu Alex, dann wieder zurück zu Cam. Er grinste verschlagen. „Und nein, Alex, du kannst sie nicht alle ficken. Das ist unverschämt."

„Also gut, dann ... kill Luke, fuck Chris, marry Liam."

„Okay, okay. Ich hab was für dich, Cam." Sophia starrte Cam so eindringlich an, als hätte sie eine unfassbar wichtige Frage an ihn. „Donald Trump, Vladimir Putin, Theresa May."

„Großer Gott." Cam verdrehte die Augen. „Ist das dein Ernst?"

FÜNF

Gegen Ende des Abends fühlte Alex sich angenehm berauscht und guter Dinge; er schien genau die richtige Menge Alkohol im Blut zu haben. Er beglückwünschte sich selbst dazu, genug getrunken zu haben, um sich wunderbar zu fühlen, aber nicht übers Ziel hinaus geschossen zu sein. Na ja, wahrscheinlich würde er morgen ein wenig Kopfschmerzen haben, aber er würde es überleben.

Sie spielten immer noch Kill-Fuck-Marry, als Seb sie schließlich bat, auszutrinken und zu gehen. Sie waren tatsächlich die letzten Gäste – Wicksy war bereits vor einiger Zeit nach Hause gegangen. Seb versuchte, sie sanft zur Tür hinaus zu schieben, während Amber ihn bedrängte: „Ach komm, Seb, sag schnell: Tinky Winky, Homer Simpson und Spongebob?"

„Da muss ich erst drüber schlafen", antwortete Seb entschieden. „Ich sage dir morgen Bescheid, wenn du zu deiner Zwei-Uhr-Schicht kommst, Amber. Bitte trink ordentlich Wasser, bevor du schlafen gehst. Ich kann es mir nicht leisten, an einem Samstagabend nicht genug Personal zu haben. Solltest du versuchen, anzurufen und dich krank zu melden, werde ich dir kein Wort glauben!"

Die anderen lachten, während Amber einen Schmollmund zog.

„Sklaventreiber", grummelte sie, aber sie umarmte Seb und gab ihm einen Kuss auf die Wange, bevor er die Tür hinter ihnen abschloss.

Gemeinsam marschierten sie die steile Hügelstraße hinauf, trennten sich aber, sobald sie oben angekommen waren – Hayden, Amber und Sophia gingen in eine Richtung, Alex und Cam in die andere.

Alex, der sich seinen Freunden in seinem beschwipsten Zustand besonders zugeneigt fühlte, umarmte jeden einzelnen zum Abschied. „Ihr seid die Allerbesten", murmelte er, während er Hayden umklammerte.

„Ich liebe dich auch, Mann." Hayden zerzauste Alex liebevoll das Haar und küsste ihn auf die Wange.

Cam hielt Abstand, aber Alex ließ ihm das nicht durchgehen. Auch Cam musste umarmt werden. Er war zwar kein so alter Freund wie die anderen, aber er war etwas Besonderes.

„Komm her, ich will dich auch in den Arm nehmen."

Cam zögerte. „Soll ich dich nicht noch bis nach Hause bringen?"

Der Vorschlag ließ Alex' Herz höherschlagen. Oh, wie gern würde er noch Zeit mit Cam allein im Dunkeln verbringen. „Ich kann allein gehen", sagte er achselzuckend, um nicht zu eifrig zu erscheinen. „Es liegt nicht auf deinem Weg, und es ist nicht nötig. Aber wenn du willst?"

„Ja, bring ihn nach Hause", mischte sich Hayden ein.

„Sonst endet er noch irgendwo im Graben nach all den Long Island Iced Teas."

„Es geht mir gut", protestierte Alex. „Du und Amber seid viel betrunkener als ich."

„Ja, ja. Aber du hast einen gutaussehenden Kerl, der dich nach Hause begleiten will. Sag ja, auch wenn ihr nur Freunde sein wollt."

„Halt die Klappe, Hayden!" Amber boxte ihn auf den Arm.

„Autsch! Ist doch kein Geheimnis, oder? Die beiden stehen eindeutig aufeinander. Die ganze Sache ist lächerlich. Sie können genauso gut aufhören, um den heißen Brei zu tanzen, und einfach ficken."

Alex bekam hochrote Wangen. Er war nur froh, dass es in der Dunkelheit wahrscheinlich keinem auffiel. Auch wenn er sich viel Mühe gegeben hatte, einfach nur Cams Freund zu sein, so war die gegenseitige Anziehung immer noch ein offenes Geheimnis zwischen ihnen, dass stärker zu werden schien, je öfter sie zusammen waren. Und jetzt, da Hayden es offen ausgesprochen hatte, würde es sich kaum mehr ignorieren lassen.

„Okay, lass uns gehen" Amber packte Haydens Arm und begann, ihn fortzuziehen. „Kommst du, Cam?"

„Du solltest mit ihnen gehen", sagte Alex. „Ich komme zurecht."

Cam jedoch blieb. „Nein. Ich bringe dich nach Hause. Ich weiß, Porthladock ist nicht gerade ein Sumpf des Verbrechens, aber nach dem, was mit Rainbow Place passiert ist, kann es nicht schaden, vorsichtig zu sein."

„Hurra!", rief Hayden und klatschte in die Hände. „Geh ran!"

„Klappe, Hayden!" Das war erneut Amber. „Nacht, Jungs."

„Nacht."

Die Dunkelheit verschlang Alex' Freunde, während ihre Schritte verklangen. Alex und Cam standen verlegen schweigend da.

„Sorry wegen Hayden", sagte Alex.

„Schon gut, das hat mir nichts ausgemacht."

„Sollen wir?" Alex deutete in die Richtung, wo es zu seinem Elternhaus ging.

Alex setzte sich in Marsch, und Cam fasste neben ihm Tritt. Von da, wo sie sich von den anderen getrennt hatte, war es nicht mehr weit. Alex überlegte verzweifelt, worüber er reden könnte, da er Cam nun ganz für sich hatte. Haydens Neckerei hatte ihn verunsichert, und sein Kopf war wie ausgehöhlt.

Auch, als sie die neueren Wohnblöcke bereits passiert hatten und in Alex' Straße einbogen, gingen sie noch immer schweigend nebeneinander her.

Scheiß drauf. Auch ohne Haydens wenig hilfreiche Kuppelversuche – die ganze Sache war nur allzu offensichtlich.

Alex beschloss, dass er jetzt nichts mehr zu verlieren hatte, und sagte: „Hayden hat recht, oder nicht?" Cam blieb wie angewurzelt stehen und wandte sich ihm zu. Das Mondlicht war das einzige Licht, aber es war hell in dieser Nacht. Sie starrten einander an, und Alex versuchte, Cams Gesichtsausdruck zu deuten, aber ohne Erfolg. Frustriert platzte er heraus: „Er *hat* recht. Bitte sag mir, dass es nicht nur mir so geht. Du stehst immer noch auf mich, richtig?" Mit brennenden Wangen und klopfendem Herzen wartete er.

„Ja", gab Cam mit leiser Stimme zu. „Aber es hat sich nichts geändert."

Alex schnaufte frustriert. Dann machte er auf dem Absatz kehrt und marschierte los, sodass Cam sich beeilen musste, um ihm zu folgen.

„Alex, warte!"

Alex hielt abrupt im Schatten eines großen Haselnussbaums an, dessen breite Krone das wenige Licht blockierte, das der Mond abgab. Cam blieb direkt hinter ihm stehen. Alex konnte ihn atmen hören, so nah, dass ihm ein Schauer über den Rücken lief.

Aufgebracht und voller Verlangen wirbelte Alex herum, packte Cam und zog ihn in seine Arme. Er drückte sein Gesicht an Cams warmen Hals und atmete begierig seinen Duft ein. „Ich will dich einfach nur so sehr", murmelte er. „Ich kann nicht weiterhin so tun, als wäre es nicht so."

Cam stöhnte. „Das ist wirklich eine ganz schlechte Idee." Aber er schlang ebenfalls die Arme um Alex.

„Ist mir egal." Alex fuhr mit den Lippen über Cams Bartstoppeln, dann zu seinem Mund.

Sie fanden einander in der Dunkelheit, weiche Lippen begegneten sich zunächst unsagbar zärtlich, aber dann leidenschaftlich und verlangend. Alex wurde plötzlich bewusst, dass sie mitten auf der Straße standen – er zog Cam an die niedrige Mauer, die das Grundstück an der Ecke umrandete.

„Was tust du?", fragte Cam.

„Schh." Alex küsste ihn erneut. „Hier sind wir ein

wenig besser geschützt." Er nahm Cams Hand. „Komm." Alex kletterte über die niedrige Mauer in den Vorgarten des Eckhauses.

„Was, wenn sie Bewegungsmelder haben oder einen Alarm oder sowas?" Cam zögerte, während Alex immer noch seine Hand hielt, mit der Mauer nun zwischen ihnen. „Wir könnten erwischt werden."

„Haben sie nicht. Oder vielleicht doch ... aber die Lichter gehen nur an, wenn man viel näher am Haus ist. Wir werden nicht erwischt. Ich will nur von der Straße runter." Er zog an Cams Hand, und schließlich kletterte auch Cam über die Mauer.

„Hier." Alex zog Cam hinter den Haselnussbaum und einige Sträucher, wo sie von der Straße aus nicht gesehen werden konnten. Dann lehnte er sich mit dem Rücken an den Baumstamm, zog Cam an sich und küsste ihn erneut. Zunächst zögerte Cam, aber dann erwiderte er Alex' Kuss genauso verlangend wie zuvor. Erregung ergriff Alex wie eine unaufhaltsame Flutwelle. Er griff nach unten, um seinen Ständer zurechtzurücken, der in seiner Kleidung eingezwängt war, hart und pochend. Sein Handrücken strich über Cam Erektion, und Cam stöhnte und presste sich gegen die Berührung.

Alex packte Cams Hüften und zog ihn fester an sich. Cam spreizte ein wenig die Beine, um ihren leichten Größenunterschied auszugleichen, sodass sie sich aneinander reiben konnten. „Gott, das fühlt sich so gut an", murmelte er. Sein warmer Atem kitzelte Alex am Hals.

„Ja", keuchte Alex und rieb sich fester an ihm. „Ich wünschte, wir könnten mehr tun. Ich will dich so sehr." Er griff nach Cams Hosenstall und fummelte am Knopf.

„Kann ich?" Er war nicht einmal sicher, worum genau er bat. Er wusste nur, er brauchte mehr. Er wollte unbedingt wissen, wie es sich anfühlte, Cam in der Hand zu haben ... oder vielleicht in seinem Mund.

Cam hob den Kopf von Alex' Hals und sah sich um. „Ja", flüsterte er heiser. „Mach weiter."

Alex spürte ein Ziehen in seinen Eiern, während er mit ungeschickten Fingern Cams Jeans aufmachte. Er griff in Cams Unterhose und legte seine Finger um das harte, warme Glied. Es lag schwer und dick in seiner Hand und fühlte sich großartig an.

Als er begann, Cams Ständer zu massieren, rieb Cam mit der Hand über die Beule in Alex' Hose. „Willst du, dass ich dasselbe für dich tue?"

„Scheiße, ja", sagte Alex.

Nichts hätte Alex auf das Gefühl von Cams Hand an seinen Schwanz vorbereiten können. Cam drückte ein wenig, Alex sog scharf den Atem ein, und als Cam begann, ihn zu wichsen, konnte Alex ein Stöhnen nicht zurückhalten. Cams Lippen, die sanft über sein Ohrläppchen strichen, gaben Alex den Rest – bevor er sich zusammenreißen oder auch nur eine Warnung äußern konnte, kam Alex zum Höhepunkt, spritzte zwischen ihnen ab und verursachte eine beschämende, klebrige Sauerei.

„Scheiße, scheiße, scheiße ... tut mir so leid", murmelte er. „Ich hab' nicht damit gerechnet, so schnell zu kommen. Scheiße, es ist überall hingespritzt."

Cam lachte leise. „Ja, total." Er ließ Alex' Schwanz los und wischte sich die Hand an seiner Jeans ab.

Alex versuchte, ihm beim Saubermachen zu helfen,

aber ohne Papiertücher machte es nicht viel Sinn. „Oh Gott, es ist alles auf deinem T-Shirt. Tut mir so leid."

„Nicht schlimm, Alex. Mach dir keinen Kopf darüber."

„Und du bist nicht einmal gekommen. Willst du, dass ich ...?" Zögernd griff er erneut nach Cams Schwanz und stellte fest, dass der nach dem Zwischenspiel nur noch auf Halbmast stand.

„Nein. Ich glaube, der Moment ist vorbei." Cam drückte sanft Alex' Hand beiseite und brachte seine Kleidung in Ordnung.

Auch Alex, dessen Wangen vor Scham brannten, steckte seinen Schwanz wieder weg. „Tut mir leid", flüsterte er erneut.

„Alex." Cam fasste Alex am Kinn und hob dessen Gesicht, um ihm einen sanften Kuss auf die Lippen zu drücken. „Hör auf, dich zu entschuldigen. So etwas passiert. Und es ist eigentlich sogar schmeichelhaft, um ehrlich zu sein."

„Ja?" Alec brachte ein zaghaftes Lächeln zustande.

„Ja."

„Können wir es dann ein anderes Mal erneut versuchen? Vielleicht bei dir zuhause, wo wir allein sein können?", fragte Alex hoffnungsvoll.

Aber es entstand eine lange Pause, die ihm das Herz schwer machte.

Nicht schon wieder.

Cam seufzte. „Es tut mir leid, Alex. Ich habe dir ja gesagt, das ist keine gute Idee. Und daran hat sich nichts geändert. Ich mag dich, aber ..."

„Du musst mir nichts erklären", sagte Alex. „Ich erinnere mich an die Gründe. Ich hätte dich heute Abend nicht bedrängen sollen. Können wir einfach vergessen, was passiert ist? Besonders den Teil, wo ich dich nach fünf Sekunden Schwanz anfassen vollgespritzt habe?" Alex versuchte verzweifelt, einen Witz daraus zu machen, obwohl sich sein Herz anfühlte wie eine Eierschale, die soeben zertreten worden war.

„Wenn es das ist, was du willst."

„Ja, bitte. Ich will nicht, dass es zwischen uns wieder irgendwie komisch wird. Der heutige Abend hat nie statt-gefunden." Wenn es doch nur so einfach wäre. Alex wusste, er würde diese Episode wieder und wieder in seinem Kopf abspielen, in allen Einzelheiten, die guten und die furchtbaren.

„Okay."

„Gut." Alex straffte die Schultern. „Ich gehe jetzt besser nach Hause." Er ging voran zur Mauer und kletterte wieder zurück auf die Straße. Dann drehte er sich zu Cam um. „Wir sehen uns. Schätze ich."

„Ja. Ruf mich an. Und komm vorbei. Du weißt, du bist jederzeit willkommen." Cam trat einen Schritt vor und zog Alex in seine Arme.

Alex hielt Cam fest und versuchte, sich nicht von Schmerz und Enttäuschung überwältigen zu lassen. Er löste sich als Erster aus der Umarmung. Er wollte heim und ins Bett, um ungestört seine Wunden zu lecken. „Okay. Dann gute Nacht."

„Nacht, Alex."

Alex drehte sich um und trat die Flucht an.

In dieser Nacht lag er lange wach, allein in der Dunkel-heit. Trotz der späten Stunde und des Alkohols in seinem Blut fand er keinen Schlaf. Er verfluchte sich dafür, seinem

Impuls nachgegeben zu haben. Er hätte Cam nicht anmachen dürfen. Ihre zaghafte Freundschaft war zu etwas Kostbarem erblüht, trotz ihres wackeligen Anfangs. Es war dumm von ihm gewesen, das aufs Spiel zu setzen. Er konnte nur hoffen, dass er und Cam trotz des heutigen Ausrutschers weiter zusammen abhängen und die Gesellschaft des jeweils anderen genießen würden. Aber was Alex am meisten bedauerte, war, dass er Cam nicht ebenfalls zum Orgasmus gebracht hatte.

Oh Gott. Beim Gedanken daran, wie er seine Ladung über Cam gespritzt hatte, wurde sein ganzer Körper heiß vor Scham. Alex vergrub sein Gesicht im Kissen und wünschte, er könnte diese Erinnerung ebenso leicht begraben.

Ja, das war etwas, dass man am besten wieder vergaß.

SECHS

Mitte August

ALEX ERWACHTE mit einem seltsam flauen Gefühl im Magen, und dann fiel ihm ein, warum das so war: Die Erkenntnis, dass es der Verkündungstag der Prüfungsergebnisse war, traf ihn wie ein Eimer mit Eiswasser.

Scheiße.

Wenn er ganz ehrlich zu sich selbst war, musste er zugeben, dass er sich nicht so reingehängt hatte, wie er eigentlich gesollt hätte. Es war schwer, sich aufs Lernen zu konzentrieren, wenn die Fächer einen nicht im Geringsten interessierten. Außerdem hatte er während der ganzen Prüfungsphase viel zu viel Zeit mit Tagträumen über Cam verbracht. Er konnte nur hoffen, dass es irgendwie gereicht hatte, denn auch wenn er sich nicht wirklich darauf freute, einen Abschluss in Wirtschaftswissenschaften zu bekommen, war Alex mehr als nur bereit, endlich aus seinem Elternhaus auszuziehen. Vielleicht konnte er ja das Fach wechseln, wenn er erst an der Uni war?

An die Möglichkeit, dass er es vielleicht gar nicht an die Uni schaffte, erlaubte Alex sich nicht zu denken.

Während Alex ein paar Frühstücksflocken herunterwürgte, um seinen nervösen Magen zu beruhigen, saß seine Mutter ihm am Küchentisch gegenüber und las die *Daily Mail*.

„Dieses ganze Transgender-Zeugs ist der reine Wahnsinn", sagte sie kopfschüttelnd. „Wieso kommen plötzlich so viele Teenager auf die Idee, sie müssten Hormone nehmen? Teenager haben schon genug mit ihren Hormonen zu kämpfen; deshalb sind sie wahrscheinlich so verwirrt."

„Ich glaube, die meisten Trans-Leute sind sich ihrer Sache sehr sicher, Mama", sagte Alex. Er versuchte, eher höflich als herausfordernd zu klingen. Wenn sein Vater jetzt dabei gewesen wäre, hätte er erst gar nichts gesagt. „Und es ist sowieso nicht gerade einfach für sie, die Hormone zu bekommen."

„Ich finde es trotzdem falsch, Teenagern Hormone zu verabreichen. Stattdessen sollte sie lieber eine Therapie bekommen. Sieh dir deinen Freund Daniel an. Nur weil er als kleiner Junge gern mit Puppen gespielt hat, heißt das doch nicht, dass er ein Mädchen ist. Vielleicht ist er homosexuell? Obwohl das auch nicht besser wäre."

Alex erstarrte. Sein Herz pochte laut. Er ballte die Hände unter dem Tisch zu Fäusten und sagte so ruhig, wie er konnte: „Sie heißt Sophia, und sie ist ein Mädchen. Außerdem ist sie lesbisch – also ja. Sie ist nicht hetero." Sophia würde nichts dagegen haben, dass er das sagte; ihre

Beziehung zu Amber war kein Geheimnis. Zum Glück hatte sie Eltern, die sie unterstützten. Ganz im Gegensatz zu Alex.

Seine Mutter zog die Brauen hoch. Dann runzelte sie die Stirn, so als versuchte sie, im Kopf ein kompliziertes Puzzle zusammenzusetzen. Alex erwartete, dass jede Sekunde Rauch aus ihren Ohren quoll und ihr engstirniges Hirn vor Überlastung explodierte. „Nun, ich finde es falsch. Was, wenn er seine Meinung wieder ändert und es dann zu spät ist?"

„Ich muss jetzt los." Alex nahm seine halb geleerte Schale, leerte die Milch in die Spüle und kratze die matschigen Flockenreste in den Mülleimer. Sein ohnehin magerer Appetit hatte sich in Luft aufgelöst.

„Wann gehst du dir die Ergebnisse abholen?", fragte seine Mutter.

„Die Schule macht um neun auf; dann gehe ich." Er hatte verabredet, sich mit Hayden, Amber und Sophia am Tor zu treffen und gemeinsam hineinzugehen, wegen der moralischen Unterstützung.

„Viel Glück", rief sie ihm hinterher, als er die Küche verließ.

„Danke."

Er würde es brauchen. Das Gespräch am Küchentisch hatte seinen verzweifelten Wunsch, nicht länger unter diesem Dach zu leben, nur noch verstärkt. Ganz bestimmt hatte er wenigstens einen Notendurchschnitt geschafft, der für seine zweite Wahl ausreichte. Er brauchte zwei Einsen und eine Zwei für Manchester, aber nur drei Zweien für Northumbria.

· · ·

ALEX WAR um zehn vor neun an der Schule. Es war ein kühler Tag. Der eben noch blaue Himmel begann sich zu bewölken, und er bekam ein paar Tropfen ab, während er auf die anderen wartete. Sein Handy vibrierte, und als er es herausholte, fand er eine Nachricht von Cam.

Viel Glück heute. Ich drücke dir die Daumen.

Lächelnd schrieb Alex zurück: *Danke.*

Sein Herz zog sich schmerzhaft zusammen bei dem Gedanken, nächstes Jahr so weit weg von Cam zu sein, falls seine Noten reichten. Ihre Freundschaft war gewachsen und funktionierte bestens, trotz ihres schwierigen Starts und des folgenden Zwischenfalls, als Alex ihn betrunken angemacht hatte. Nach diesem Abend, bei dem Alex sich so gründlich blamiert hatte, hatte er sich gezwungen, nicht länger auf mehr als nur Freundschaft zu hoffen. Zwar konnte er nichts dagegen tun, dass er immer noch schwer auf Cam stand, aber er genoss es so sehr, mit ihm zusammen zu sein, dass er das gelegentliche Aufflackern von Verlangen ignorieren konnte.

Sie trafen sich mehrmals pro Woche, manchmal allein und manchmal mit Freunden. Immer noch gingen sie gemeinsam joggen, und abends besuchte Alex Cam oft zuhause, um seinen Eltern zu entkommen. Und da er nun achtzehn war und die Abschlussprüfungen hinter sich hatte, konnte er das so oft tun, wie er wollte.

Rainbow Place war ihr liebstes Ziel, um Kaffee oder etwas anderes zu trinken. Alex fühlte sich wohl dort, weil er dort er selbst sein konnte, auch wenn er und Cam nur als Freunde hingingen. Wann immer schwule Paare dort waren, gemeinsam aßen oder sich bei einem Drink unterhielten, beobachtete Alex sie unauffällig. Zu sehen, wie zwei Frauen oder zwei Männer sich an den Händen hielten oder liebevolle Küsse tauschten, ganz in der Öffentlichkeit, gab Alex Hoffnung. Auch wenn er so etwas nie mit Cam haben konnte – irgendwann würde er jemanden finden. Alles in ihm drängte danach, endlich out zu sein und sich zu befreien, sobald er sich sicher fühlen konnte.

„Hey." Ambers Stimme riss Alex aus seinen Gedanken. Sie und Sophia kamen Hand in Hand auf ihn zu. Sie hatten erst vor Kurzem begonnen, in der Öffentlichkeit ihre Zuneigung zu zeigen, und manchmal wirkten sie immer noch ein wenig verlegen deswegen.

„Hi. Wo ist Hayden?"

„Verspätet sich etwas", sagte Sophia. „Ich habe gerade eine Nachricht von ihm bekommen. Aber er ist auf dem Weg. Ich habe ihm versprochen, dass wir auf ihn warten."

„Hm. Okay." Alex hätte es lieber schnell hinter sich gebracht.

Als Hayden endlich auftauchte – mit roten Wangen und außer Atem – stand Alex auf heißen Kohlen. Hayden starrte missmutig zum Himmel hinauf, der nun vollkommen grau war. Das Tröpfeln von vorhin hatte sich in ordentlichen Regen verwandelt. „So ein Mist. War totale Zeitverschwendung, meine Haare zu glätten." Er fuhr sich mit den Händen durchs Haar.

„Echt jetzt? Du hast uns warten lassen, um deine Haare zu glätten?" Alex verdrehte die Augen.

„Gut gestyltes Haar ist wichtig."

„Also kommt", sagte Amber. „Wir sind jetzt alle hier, also lasst uns reingehen."

Sie stellten sich in die Schlange der nervösen Schüler, die alle warteten, die hochwichtigen Umschläge aus dem

Schulbüro holen zu können, und es dauerte eine halbe Ewigkeit, bis sie das vordere Ende erreichten. „Keiner macht auf, bis jeder von uns seinen Umschlag hat, okay? Wir öffnen sie zusammen", sagte Amber.

Die anderen nickten.

„Ja." Alex war schon wieder ganz flau.

Als sie endlich an der Reihe waren einzutreten, kamen ihm die Sekunden wie Minuten vor, während die Sekretärin durch die Umschläge blätterte und sie nacheinander aushändigte. Sobald sie sie hatten, eilten sie in den nächstbesten leeren Klassenraum und schlossen die Tür hinter sich.

„Alle bereit?", fragte Hayden. Sie alle nickten. „Okay, dann los!"

Mit völlig ausgetrocknetem Mund und zitternden Händen riss Alex seinen Umschlag auf. Er war so nervös, dass er einen Moment brauchte, um einen Sinn in die Zeichen aus schwarzer Tinte zu bringen, die über seine Zukunft entschieden. Er las, las noch einmal. Sein Mut sank, als er die Bedeutung begriff. Nur vage registrierte er das glückliche Quieken von Amber und ein erleichtertes „Oh, Gott sei Dank" von Sophia.

Mathematik: 1

Wirtschaftswissenschaften: 2

Betriebswirtschaftslehre: 4

„Scheiße", flüsterte er und sank auf wackeligen Beinen in einen Stuhl. Er zerknüllte das Papier in seiner Hand. „Scheiße!"

„Alex?" Hayden ging vor ihm in die Hocke und legte seine Hände auf Alex' Knie. „Alex, Alter. Was hast du bekommen?"

Bittere Enttäuschung machte ihm die Kehle eng. Alex schüttelte den Kopf und gab das zerknüllte Papier Hayden, der es sorgfältig glättete. Er las es, dann reichte er es wortlos an Amber weiter, die zusammen mit Sophia neben ihm stand.

„Scheiße. Was hättest du gebraucht?", fragte Amber.

Alex schluckte schwer, aber seine Stimme kam dennoch als heiseres Krächzen heraus. „Zwei Einsen und eine Zwei, oder drei Zweien."

„Aber von den Punkten her liegst du nur eine Note zurück. Vielleicht kannst du trotzdem unterkommen, wenn du bei der Uni anrufst."

„Ich habe eine Vier in Betriebswirtschaft. Das wäre mein Studienfach gewesen." Alex wusste, es wäre Zeitverschwendung. Mit diesen Noten würde er auf keinen Fall in dem Fach einen Studienplatz bekommen. Tränen stiegen ihm in die Augen, aber er blinzelte sie weg. „Wie habt ihr alle abgeschnitten? Habt ihr bekommen, was ihr braucht?" Er hob den Kopf und sah seine Freunde an.

„Ja", sagte Amber leise.

Sophia nickte.

„Bei mir kam es nicht so sehr auf die Noten an", sagte Hayden mit einem Achselzucken.

„Gut gemacht." Alex zwang sich zu einem Lächeln. „Wir sollten euren Erfolg feiern. Ihr könnt mich dann ein bisschen bedauern." Er wusste, dass er sich dringend überlegen musste, was er jetzt tun sollte, aber das konnte bis später warten ... bis er es seinen Eltern beibringen musste, dass seine Noten in diesem Jahr nicht für die Uni reichten.

„Wohin würdest du gern gehen?", fragte Hayden.

„Rainbow Place", antwortete Alex ohne Zögern. Wenn er dort war, ging es ihm immer gleich besser.

„ICH WEISS, es ist egoistisch von mir, aber ich bin auch irgendwie froh, dass du nicht Hunderte von Meilen entfernt leben wirst", sagte Amber, während Alex sich ein Stück Regenbogentorte einverleibte.

Es war schwer, Trübsinn zu blasen, wenn man Regenbogentorte aß und von Freunden umgeben war. Trotz seiner Sorgen darüber, was er nun tun sollte, nachdem ihm seine Zukunftspläne um die Ohren geflogen waren, fühlte Alex sich schon besser.

„Ja, da ist etwas dran." Alex selbst hatte bisweilen seine Entscheidung bedauert, sich bei Universitäten beworben zu haben, die so weit weg von Cornwall lagen. Er hatte es eines Abends nach einer besonders beschissenen Woche einem Impuls folgend getan, ohne darüber nachzudenken, welche Folgen es für seine Freundschaften haben würde.

Hayden, der in St. Austen zur Berufsschule gehen würde, um sich zum Haarstylisten ausbilden zu lassen, würde im kommenden Jahr immer noch bei seinen Eltern leben. Amber würde in Plymouth und damit ebenfalls nicht weit weg sein, und Sophia ging nach Exeter, das ein wenig weiter entfernt lag, aber immer noch leicht erreichbar für Wochenendbesuche. Den Kontakt zu seinen Freunden aufrechtzuerhalten, würde Alex helfen, den Tiefschlag zu verdauen, dass er nun hier feststeckte, während er sich den Kopf darüber zerbrach, was zum Henker er mit seinem Leben anfangen wollte.

Sein Handy signalisierte eine hereinkommende Nachricht. Alex drehte sich der Magen um, als er sah, dass sie von seiner Mutter stammte.

Was hast du bekommen? Dein Vater will es wissen. Antworte uns beiden, bitte.

Alex wollte gerade sein Handy wieder wegstecken – mit diesem Desaster wollte er sich jetzt noch nicht befassen – als eine weitere Nachricht ankam.

Diese war von Cam, und trotz seiner Panik angesichts der Aussicht, sich später seinen Eltern stellen zu müssen, empfand Alex ein wenig Freude.

Ja, Alex war froh, Cam nicht verlassen zu müssen. Ihre Freundschaft unterschied sich von dem Verhältnis, das Alex zu seinen anderen Freunden hatte. Auch wenn sie nur eine platonische Beziehung unterhielten; da war etwas zwischen ihnen, dass ihre Freundschaft für Alex kostbarer machte. Er lebte für Cams Umarmungen, und sein Herz setzte immer noch für einen Schlag aus, wann immer sie sich trafen und Cam ihn anlächelte. Ihre Freundschaft war so warm und herzlich, fast wie eine romantische Beziehung. Und trotz aller Vorsätze konnte Alex nicht anders, als an dem winzigen Hoffnungsschimmer festzuhalten, dass Cam eines Tages vielleicht doch mehr wollen könnte.

Bedeutet keine Nachrichten gute Nachrichten?, hatte Cam geschrieben.

Ich fürchte Nein, antwortete Alex.

Oh, kam es sofort zurück, und dann: *Sorry... was bedeutet das genau?*

Es reicht nicht einmal für meine zweite Wahl

Scheiße. Und was hast du jetzt vor?

Keine Ahnung :(

Obwohl Alex gewusst hatte, dass einige seiner

Prüfungen nicht optimal gelaufen waren, so hatte er nicht ernsthaft damit gerechnet, wirklich durchzurasseln. Seine Prüfungsergebnisse waren wie ein Erdbeben – die Landschaft seiner Zukunft, wie er sie sich das ganze vergangene Jahr über ausgemalt hatte, war nun ein Trümmerhaufen.

Wollen wir uns treffen, wenn ich von der Arbeit komme? Darüber reden? Ich werde mein Bestes tun, um dich aufzuheitern.

Alex musste trotz allem lächeln. *Ja, das würde ich gern. Ich kann noch nicht sagen, wann. Das hängt von meinen Eltern ab. Irgendwann muss ich nach Hause und mich der Sache stellen.*

Cool. Komm, sobald du dich freimachen kannst.

Mach ich. Bis nachher.

Als Alex den Kopf hob, stellte er fest, dass seine Freunde ihn aufmerksam beobachteten, während er sein Handy wegsteckte. „Was?", fragte er.

„Ich nehme an, das war Cam?" Amber hob die Augenbrauen.

„Ja."

„Du bist immer noch total verknallt." Hayden schüttelte den Kopf und machte eine ernste Miene. Ausnahmsweise einmal nahm er Alex nicht damit auf den Arm. „Und ich schätze, das Gleiche gilt für ihn. Ich sehe doch, wie er dich anschaut, wenn wir alle zusammen unterwegs sind. Wieso zum Henker seid ihr noch nicht zusammen?"

„Du weißt, wieso", entgegnete Alex knapp. Er hatte seinen Freunden alles erzählt – unter Auslassung des Teils, wo er Cam mit seinem Sperma vollgespritzt hatte wie die Jungfrau, die er war – und während alle Cams Gründe verstanden, sympathisierten sie vorwiegend mit Alex' Frust darüber.

„Ist es denn gut, dass ihr so eng befreundet sein?", fragte Sophia. „Ich stelle mir das echt hart vor."

Hayden schnaubte. Dann hüstelte er, als die anderen ihn finster ansahen. „Tut mir leid, ich konnte nicht anders. Hart ist für mich immer lustig."

„Ja, in vielerlei Hinsicht ist es schwierig", gab Alex zu. „Aber die Vorstellung, ihn nicht zum Freund zu haben, ist schlimmer. Ich habe ihn gern in meinem Leben."

„Vielleicht solltest du anfangen, andere zu daten. Vielleicht würde es dich ablenken und dir zeigen, dass es da draußen noch andere heiße Typen gibt." Hayden holte sein Handy heraus und öffnete eine Dating-App. „Sieh nur, das ist wie ein Männer-Buffet. Und du bist schnuckelig. Ich bin sicher, du würdest jede Menge Anfragen bekommen." Er scrollte durch die zahllosen Selfie-Thumbnails. „Und um diese Zeit des Jahres ist es super, weil da auch die ganzen Touristen dabei sind. Ehrlich, du musst einfach mal flachgelegt werden, oder einen geblasen kriegen oder so. Dann siehst du, dass auch andere Mütter sexy Söhne haben, und es wird dir leichter fallen, mit Cam nur befreundet zu sein."

Er hatte nicht ganz unrecht. Alex hatte den Beginn seines Sexlebens viel zu lange immer wieder zurückgestellt – teils, weil er darauf gewartet hatte, endlich auszuziehen und die Freiheit zu haben, aber teils auch wegen Cam. Nun jedoch sah es so aus, als würde er in nächster Zukunft weder das eine noch das andere bekommen, also war es vielleicht an der Zeit, den Sprung zu wagen.

„Ich werde darüber nachdenken." Alex' Handy meldete sich erneut. Dieses Mal war es sein Vater.

Alex, melde dich bitte.

„Ach. Vielleicht sollte ich es meinen Eltern einfach per Textnachricht sagen. Dann haben sie Zeit, sich zu beruhigen, bevor ich heimkomme."

„Hört sich nach einem guten Plan an", sagte Amber. „Bring es hinter dich."

Alex tippte seine Nachricht und schickte sie an beide Eltern: *Ich habe 1, 2 und 4 bekommen. Also werde ich weder den einen noch den anderen Studienplatz bekommen.* Ihm war übel.

Sein Vater antwortete als Erster: *Ich werde zum Essen nach Hause kommen, damit wir das besprechen können. Sei also am Mittag hier.*

Es war eindeutig mehr ein Befehl als eine Aufforderung, und Alex wusste, es würde sich nicht lohnen zu widersprechen oder das Unvermeidliche hinauszuzögern. Er checkte die Uhrzeit. Es war genau elf.

Okay, schickte er zurück. Dann steckte er sein Handy ein.

„Ich gehe zum Mittagessen nach Hause."

Hayden tätschelte sein Knie. „Tut mir echt leid, Alter."

Es gab nicht viel zu sagen. Alex nahm seine leere Kaffeetasse. Etwas mehr Koffein und Zucker konnten angesichts der bevorstehenden Konfrontation nicht schaden. „Ich will noch einen. Sonst noch jemand?"

. . .

ALEX SCHAFFTE ES, wenige Minuten vor zwölf daheim zu sein. Mit einem entsetzlich flauen Gefühl im Magen schloss er die Haustür auf und ging hinein.

„Bist du das, Alex?", rief seine Mutter aus der Küche.

„Ja." Widerwillig ging er in die Küche, wo seine Mutter gerade Salat in eine Schüssel gab. Der Herd war an, und es duftete nach etwas Leckerem, das normaler weise Alex' Appetit geweckt hätte. Heute wurde ihm davon übel.

Seine Mutter sah auf, als er hereinkam. Ihr verkniffener Gesichtsausdruck sprach Bände, bevor sie überhaupt etwas sagte. „Dein Vater ist nicht glücklich."

Kein: *Es tut mir so leid, geht es dir gut?*

Wir üblich in diesem Haus ging es immer nur um die Befindlichkeiten seines Vaters. Es war Alex' Problem, mit dem er fertigwerden musste, aber seiner Mutter schien es völlig gleichgültig zu sein, wie es ihm ging. Es interessierte sie nur, welche Wirkung es auf die Laune seines Vaters hatte.

„Kein Scheiß, hm?", gab er zurück.

„Alex!" Eine deutliche Warnung lag in ihrer Stimme. „Du reißt dich lieber ein bisschen zusammen, bevor er hier ist."

„Keine Sorge, Mama. Ich habe nicht vor, ihn noch wütender zu machen, als er ohnehin schon ist."

„Er hat sich gemeldet, bevor er losgefahren ist, und er war nur im Sandy Bay Park, also wird er jede Minute hier sein. Deck bitte den Tisch. Die Quiche ist fast fertig."

Alex war froh, etwas zu tun zu haben, und beschäftigte sich damit, Platzdeckchen, Teller und Besteck herauszuholen, während er darauf wartete zu hören, wie sein Vater die

Tür aufschloss. Es war, wie auf das Fallen des Henkerbeils zu warten.

Als er endlich hörte, wie sich der Schlüssel im Schloss drehte, erstarrte er und lauschte auf die schweren Schritte seines Vaters im Flur.

„Ist er zuhause?", dröhnte dessen Stimme. „Er sollte sich besser nicht verspäten."

„Ich bin hier." Alex richtete sich auf, um dem zornigen Blick seines Vaters zu begegnen. Er straffte die Schultern, hob das Kinn und versuchte, sich seine Furcht nicht anmerken zu lassen. Sein Vater war nicht gewalttätig. Er hatte Alex nie geschlagen, aber er war ein jähzorniger Mann. Als Kind hatte Alex große Angst gehabt, wenn sein Vater geschrien hatte, und immer befürchtet, dass er ihn eines Tages unbeabsichtigt zu weit treiben würde.

„Was ist verdammt noch mal schiefgegangen, Alex? Wie konnte das passieren?" Sein Vater stemmte die Hände in die Hüften und wartete auf Alex' Antwort. Er war ein großer Mann. Hochgewachsen und breit gebaut. Und seine Körpermasse bestand nun, da er über fünfzig war, zu gleichen Teilen aus Fett und Muskeln.

„Ich weiß es nicht", antwortete Alex ehrlich. „Ich dachte, ich hätte es gut hingekriegt, und dass ich mich genug vorbereitet hätte, aber … einige Arbeiten sind nicht gut gelaufen."

„Offensichtlich", bellte sein Vater.

„Können wir ruhig darüber reden, Martin?", sagte Alex' Mutter. „Das Essen ist fertig. Setzen wir uns hin."

Alex' Vater zog seinen Stuhl am Kopf des Tisches heraus, und die Stuhlbeine schabten kreischend über den gefliesten Boden. „Sicher. Spielen wir glückliche Familie, hm, Alex?"

Alex wusste es besser, als eine schnippische Antwort zu geben. Stumm nahm er seinen üblichen Platz links von seinem Vater ein. Zum Glück ließ es sich von dort aus leicht vermeiden, ihm in die Augen sehen zu müssen.

Während seine Mutter die Quiche und den Salat zum Tisch trug, fragte Alex' Vater: „Also, was hast du jetzt vor? Kannst du trotzdem dieses Jahr noch einen Platz an einer Uni bekommen? Deine Noten waren nicht durchgängig schlecht, und gewiss gibt es noch freie Plätze."

„Ich weiß nicht." Alex hatte noch keine Zeit und auch nicht die Energie gehabt, einen Notfallplan zu entwickeln. „Ich bin nicht sicher, ob ich mit einer Vier in Betriebswirtschaft irgendwo für dieses Fach angenommen werde." Seine Mutter legte eine Scheibe von der Quiche auf seinen Teller und füllte ihm etwas Salat auf, bevor sie seinen Vater bediente.

„Aber es ist doch sicher einen Versuch wert? Wenn du etwas herumtelefonierst, bekommst du vielleicht irgendwo noch einen Platz. Du hattest immer gute Zeugnisse."

Ja, vielleicht wäre das möglich, aber als er nun darüber nachdachte, wurde Alex bewusst, dass er trotz seiner Enttäuschung darüber, nicht von zuhause ausziehen zu können, auch erleichtert war, nicht ein Fach studieren zu müssen, das er langweilig fand.

Er wappnete sich innerlich, dann sagte er: „Ich will eigentlich sowieso nicht Betriebswirtschaft studieren. Das hat mich nie interessiert, was teilweise wohl auch der Grund ist, dass ich darin so schlecht abgeschnitten habe. Ich glaube, ich würde es gern mit anderen Hauptfächern versuchen und mich dann für einen anderen Abschluss bewerben."

„Wie zum Beispiel?" Die Stimme seines Vaters war beinahe gespenstisch ruhig. Er schnitt ein Stück Quiche ab und steckte es in den Mund. Ein Krümel blieb in seinem Bart hängen; Alex versuchte, es nicht anzustarren.

„Soziologie. Das wollte ich ursprünglich als Hauptfach nehmen, erinnerst du dich?" Alex konnte die Bitterkeit nicht aus seinem Tonfall halten, als er sich an den Streit erinnerte, den er deswegen mit seinem Vater gehabt hatte. Sein Vater hatte ihn gedrängt und gedrängt, bis Alex eingeknickt war und zugestimmt hatte, Wirtschaftswissenschaften und Betriebswirtschaft zu nehmen anstelle von Soziologie und Geschichte, wie er selbst es gewollt hatte.

„Interesse an etwas zu haben, bedeutet nicht, dass man damit seinen Lebensunterhalt finanzieren kann", sagte sein Vater mit vollem Mund. Alex konnte das durchgekaute Stück Quiche sehen, was ihm auch den letzten Rest seines Appetits verdarb.

„Ein guter Abschluss hilft immer, nach der Uni einen Job zu bekommen, egal in welchem Fach." Alex bemühte sich, ruhig zu sprechen.

„Heutzutage nicht mehr, Junge. Im ganzen Land siehst du Studienabgänger in Supermärkten und Kaffeebars arbeiten. Gib mir einen guten Grund, wieso deine Mutter und ich dich noch weitere zwei Jahre beherbergen und kleiden sollten, wenn du es dieses Jahr bereits vermasselt hast. Vielleicht sollten wir dich einfach aus dem Nest werfen, damit du endlich anfängst, auf eigenen Beinen zu stehen. Wenn du erst einmal merkst, wie schwer es ist, draußen in der Welt zurechtzukommen, wirst du vielleicht begreifen, warum ich dich zu einem Studienfeld gedrängt habe, mit dem du irgendwann deinen Lebensunterhalt verdienen kannst."

Alex schwieg.

Seine Mutter schaute nervös von einem zum anderen. „Ach komm, Martin. Ich bin sicher, wir finden eine Lösung."

„Ich kann mir einen anderen Job suchen, mehr Stunden arbeiten und Onlinekurse belegen. So kann ich studieren und trotzdem Geld verdienen, und ich könnte euch Miete zahlen", platzte Alex heraus.

Obwohl er als Kind eines wohlhabenden Vaters aufgewachsen war, war von Alex stets erwartet worden, dass er sich an der Arbeit im Haushalt beteiligte. Und als er fünfzehn wurde, hatte er angefangen, in Teilzeit in den Ferienparks seines Vaters zu arbeiten. Nun war er achtzehn, und seine Eltern waren nicht länger verpflichtet, ihn zu versorgen, auch wenn sie es sich mühelos leisten konnten. Alex wollte seinem Vater nichts schuldig sein. Lieber würde er für sich selbst aufkommen, als von ihnen abhängig zu sein, wenn sein Vater ihn so eindeutig als Belastung sah. Und vielleicht konnte er genug Geld verdienen, um doch noch auszuziehen und selbst irgendwo etwas zu mieten.

„Hmm." Alex' Vorschlag schien seinen Vater zu beschwichtigen. „Das ist kein übler Plan. Ich kann dir mehr Arbeitsstunden geben. Vielleicht kannst du zusätzlich zum Wohnwagen waschen an der Rezeption oder im Büro arbeiten. Auf diese Weise würdest du auch ein paar neue Fähigkeiten erlernen."

Scheiße. Das Letzte, was Alex wollte, war, noch mehr für seinen Vater zu arbeiten. Aber angesichts der angespannten Situation wagte er nicht abzulehnen. Wenigstens bekam er einen anständigen Stundenlohn dort; es hätte also schlimmer sein können.

„Okay, danke.“

„Na gut“, sagte seine Mutter fröhlich. „Dann wäre das also geklärt. Nun iss auf, Alex. Du hast dein Essen ja kaum angerührt.“

SIEBEN

Gegen halb vier erhielt Cam eine Nachricht von Alex. Sie lautete: *Kann ich zum Abendessen zu dir kommen? Eine weitere Mahlzeit mit meinen Eltern halte ich heute nicht aus.*

Sicher, antwortete Cam. *Ist alles in Ordnung?*

Nicht wirklich. Könnte aber schlimmer sein, schätze ich.

Cam runzelte die Stirn. Er wünschte, sie könnten ordentlich miteinander reden, und hoffte, dass Alex' Vater sich nicht allzu sehr wie ein Arsch aufgeführt hatte. Aber er wusste, dass diese Hoffnung wahrscheinlich vergebens war. *Ich melde mich, sobald meine Schicht zu Ende ist, dann kannst du direkt kommen.*

Okay, danke.

Als Cam sein Telefon wieder einsteckte, merkte er, dass sein Chef ihn beobachtete. Zum Glück war sein Nachrichtenaustausch mit Alex nur kurz gewesen. Jim, sein Chef, ging normalerweise recht entspannt mit diesen Sachen um, aber falls seine Mitarbeiter es übertrieben, konnte er ungemütlich werden. Cam machte sich wieder an die Arbeit und pflanzte weiterhin Sträucher. Wenn er dieses Beet fertig bekam, würde Jim ihn vielleicht etwas früher gehen lassen.

Und tatsächlich – als Cam eine Stunde später zu Jim ging, um ihm zu sagen, dass er fertig war, warf Jim einen Blick auf Cams Werk und sagte: „Da sieht wirklich gut aus. Gut gemacht."

„Was soll ich als Nächstes tun?"

Jim schob seine Kappe zurück und kratzte sich am Kopf. „Ich denke, du kannst für heute Schluss machen. Morgen kannst du dich um das andere Randbeet kümmern."

„Danke, Chef." Cam grinste. „Schönen Feierabend dann."

„Dir auch." Jim setzte seine Kappe wieder richtig auf und tippte salutierend an den Schirm. „Bis morgen."

CAM SCHRIEB ALEX, während er zu seinem Wagen ging.

Fahre jetzt nach Hause. Werde so in 20 Minuten da sein.

Er war bereits unterwegs, als Alex' Antwort kam. An der nächsten roten Ampel checkte er sie. Alex hatte einen Smiley geschickt, zusammen mit den Worten: *Bis gleich.*

Cam hielt noch einmal kurz an, um Bier, Pizza und einen großen Becher Eiscreme zu besorgen, und als er um Punkt fünf zu Hause eintraf, wartete Alex bereits vor der Tür.

„Hey, wie geht es dir?", fragte Cam, als er aus dem Auto stieg.

„Ging schonmal besser", antwortete Alex schulterzuckend. Er bekam ein kleines Lächeln hin, aber es sah nicht sehr überzeugend aus.

„Komm her." Cam zog ihn die Arme. Dann fiel ihm verspätet ein, dass er nach seinem Arbeitstag total verschwitzt war. „Ah sorry, ich stinke wahrscheinlich ziemlich."

„Ist mir egal." Alex drückte Cam fester an sich. Seine Stimme klang gedämpft an Cams Schulter.

Cam spürte, dass Alex heute besondere Zuwendung nötig hatte, und wartete, bis Alex ihn von selbst losließ, bevor er einen Schritt zurücktrat. „Beschissener Tag?", sagte er.

„Der Allerbeschissenste."

„Wären Bier, Pizza und Eiscreme hilfreich?"

Dieses Mal war Alex' Lächeln schon etwas breiter. „Ja, wahrscheinlich."

„Dann lass mich das Zeug aus dem Auto holen, bevor das Eis schmilzt."

Als sie das Haus betraten, hielt Cam im Flur noch einmal an, um seine Arbeitsstiefel auszuziehen, dann ging er voran in die Küche.

„Hast du Hunger?", fragte er.

„Ja, ziemlich großen sogar. Ich habe heute noch nicht viel gegessen."

Cam schaltete den Backofen für die Pizzen an, bevor er das Eis ins Gefrierfach stellte. Dann machte er zwei Dosen Bier auf und reichte eine davon Alex.

„Danke." Alex nahm einen Schluck.

Nachdem auch Cam von seinem Bier getrunken hatte, stellte er seine Dose ab, um die die restlichen in den Kühlschrank zu stellen und die Pizzen auszupacken. „Wahrscheinlich müsste der Ofen noch etwas vorheizen, aber egal." Er schob die Pizzen ins Backofenfach. Dann nahm er sein Handy und stellte den Alarm ein. „Ich lasse sie ein paar Minuten länger drin. Komm, setzen wir uns ins Wohnzimmer." Wicksy kam für gewöhnlich nicht vor sechs nach Hause, also würden sie die Wohnung bis dahin für sich allein haben.

Cam setzte sich mit dem Rücken gegen die Armlehne des Sofas und zog seine bestrumpften Füße hoch, was genug Platz für Alex an der gegenüberliegenden Seite ließ. „Dann erzähl mal. Was war mit deinen Eltern beim Mittagessen?"

„Nachdem ich meinen Eltern Textnachrichten mit meinen Noten geschickt hatte, wurde ich nach Hause beordert, um darüber zu reden", berichtete Alex betrübt. „Erwartungsgemäß ist das nicht besonders gut gelaufen."

„Und was ist jetzt mit deinem Studium? Kannst du irgendwo anders hingehen?" Cam hatte keine Ahnung, wie diese Dinge liefen.

„Ja, vielleicht, wenn ich dabei nicht besonders wählerisch bin. Aber mir ist klar geworden, dass ich irgendwie erleichtert bin. Ich meine ... es ist scheiße, dass ich jetzt nicht von zuhause ausziehen kann, weil ich mich darauf total gefreut habe. Aber ich wollte sowieso nie wirklich Betriebswirtschaft studieren. Ich würde es hassen und mich langweilen und total unglücklich damit sein. Also ist das vielleicht mein Silberstreif am Horizont? Jetzt kann ich mir überlegen, was ich wirklich tun will."

„Okay. Und wie sieht dein Plan aus?"

„Ich weiß noch nicht. Ich hatte noch nicht viel Zeit, um darüber nachzudenken, und ich muss auch erst ein wenig recherchieren. Aber ich schätze, ich könnte Onlinekurse in anderen Fächern belegen und mich dann um komplett andere Studiengänge bewerben."

„Wieso Onlinekurse? Könntest du nicht einfach die Hochschule in St. Austell besuchen?"

„Mein Vater will mich nicht weiter finanziell unterstützen. Und so könnte ich arbeiten gehen und trotzdem für einen Abschluss lernen."

„Im Ernst?" Cam war fassungslos. „Dein Vater nagt ja wohl nicht gerade am Hungertuch! Was für ein geiziger Bastard."

Alex zuckte die Achseln. „Er ist ein Selfmademan – was er nicht müde wird, immer wieder zu betonen – und er findet, dass ich auf eigenen Füßen stehen muss", sagte er mit tiefer, grummeliger Stimme in einer Imitation seines Vaters. „Und er heißt die Fächer, dich ich studieren will, nicht gut. In seinen Augen sind Soziologie und Geschichte reine Zeitverschwendung." Er nahm einen langen Schluck von seinem Bier. „Arschloch."

Cam war froh, dass Alex derjenige war, der es ausgesprochen hatte. Ihm würden noch ein paar andere, deutliche Bezeichnungen für Alex' Vater einfallen, aber er fand, es stand ihm nicht zu, so über ihn zu reden. Der Kerl mochte ein totales Arschloch sein, aber er war immer noch Alex' Vater. „Was ist mit deiner Mutter? Hatte sie nichts dazu zu sagen?"

„Nicht viel jedenfalls. Sie hält immer zu ihm. Gott bewahre, dass sie es wagt, eine andere Meinung zu haben", antwortete Alex. „Aber wenigstens bin ich nicht obdachlos, schätze ich. Als ich sagte, ich würde arbeiten und ihnen Miete zahlen, schien mein Vater das okay zu finden. Er will mir mehr Stunden in den Ferienparks geben."

„Ist es das, was du willst?", fragte Cam.

Alex schnaubte. „Nicht wirklich. Aber ich muss mich entscheiden, welche Schlachten es sich im Moment zu schlagen lohnt. Es ist zumindest ein sicherer Job, und die Bezahlung ist nicht allzu schlecht. Solange ich mich bedeckt halte und bei ihm nicht unangenehm auffalle, kann ich vielleicht derweil nach anderen Jobs suchen. Aber für den Augenblick werde ich es machen."

„Hayden wird weiterhin hier wohnen und auf die Fachhochschule in St. Austell gehen. Er will Hairstylist werden." Cam lächelte. Er konnte sich das nur allzu gut vorstellen. Haydens Haar war immer perfekt gestylt, und jetzt verstand Cam auch, wieso. „Aber Sophia und Amber ziehen beide weg. Nicht allzu weit – Plymouth und Exeter – aber realistisch betrachtet, werden sie wohl nur ab und zu an den Wochenenden zurückkommen. Ich freue mich für die beiden. Aber ..." Alex zuckten mit den Schultern. „Es wird schon seltsam sein, sie nicht mehr ständig in der Nähe zu haben." Alex schaute hinab auf seine Bierdose und runzelte die Stirn.

Cam wollte seine trübe Miene vertreiben. „Ist es sehr egoistisch von mir, wenn ich sage, ich bin froh, dass du nicht so bald wegziehst?"

Er wurde sofort belohnt, als sich Alex' Stirn glättete und er den Kopf hob, um Cam anzusehen. „Vielleicht ein kleines bisschen." Alex grinste ein wenig. „Aber ich nehme das als Kompliment, also kommst du noch einmal davon."

„Es ist ein Kompliment. Ich würde dich sehr vermissen.“

Alex' Gesicht wurde erneut ernst, und er hielt Cams Blick. „Ja“, sagte er leise. „Ich würde dich auch vermissen.“

Für einen langen Moment starrten sie einander an. Der Vorhang hatte sich gehoben, und Alex' Verlangen war plötzlich klar und deutlich zu erkennen.

Cams Herz raste. Seine Gefühle gegenüber Alex waren kompliziert: Zuneigung, Anziehung, Beschützerinstinkt. Es gab so viel Unausgesprochenes, so viele ineinander verschlungene Wünsche, die in seinem Kopf miteinander rangen. Und dass Alex nun in der Stadt bleiben würde, machte es Cam nicht einfacher, an seinem Entschluss zu einer rein platonischen Beziehung festzuhalten. Aber da die meisten von Alex' Freunden wegziehen würden, brauchte er Cams Freundschaft mehr denn je. Außerdem war Alex mit seinen Eltern schon jetzt in einer schwierigen Situation, und Cam wollte nicht riskieren, es noch schlimmer zu machen. Falls er sich mit Alex einließ, würde es wahrscheinlich nicht lange halten, und Cam wusste aus bitterer Erfahrung, dass es oft ein schlimmes Ende nahm, wenn man mit Freunden herummachte. Sein Herz zog sich schmerzhaft zusammen, als er an Leanne zurückdachte, eine seiner besten Freundinnen in der Schule. Eine kurze Sommeraffäre, als sie beide achtzehn gewesen waren, hatte ihre Freundschaft unwiederbringlich ruiniert, denn sie hatte mehr gewollt, als Cam zu geben bereit war. Noch immer bereute er bitter den Verlust dessen, was sie gehabt hatten, bevor Sex alles die Dinge kompliziert gemacht hatte.

Der Alarm an seinem Handy ging los und zerschnitt

die Stille. Das gab Cam die Gelegenheit, der angespannten Situation zu entkommen. „Pizza!", sagte er und sprang auf. „Ich gehe nachsehen, wie weit sie ist."

NACHDEM SIE PIZZA und Eiscreme vertilgt hatten, kam Wicksy nach Hause. Zu dritt tranken sie noch ein paar Dosen Bier und schauten einen Zombiefilm auf Netflix. Alles zusammen war eine gute Ablenkung von der Spannung, die zwischen Alex und Cam aufgekommen war. Es war schwer, irgendwelche romantischen Gefühle zu haben, während man zusah, wie Leuten von Zombies gefressen wurden.

Gegen Ende des Films war Wicksy eingeschlafen. Cam stupste Alex an und zeigte auf Wicksy, der an seiner anderen Seite saß. Wicksys Augen waren geschlossen, und sein Kopf sank immer wieder auf seine Brust, nur um jedes Mal wieder hochzuzucken, während er sich gegen den Schlaf wehrte. Erneut sackte er in sich zusammen, aber dieses Mal bekam er Schlagseite, bis sein Kopf an Cams Schulter ruhte. Alex lachte leise.

„Runter von mir, du Hirni." Cam schob Wicksys Kopf weg.

„Wa ...?" Wicksy setzte sich auf und blickte verwirrt um sich.

„Du schläfst hier auf mir ein. Geh ins Bett."

„Mmpf." Wicksy rieb sich die Augen und gähnte. „Ja. Das sollte ich wohl. Okay, Nacht, Leute." Er stemmte sich hoch und stolperte schläfrig aus dem Wohnzimmer. Dabei sah er ein bisschen so aus wie die Zombies aus dem Film.

Nachdem Wicksy sich zurückgezogen hatte, änderte

sich die Stimmung im Raum erneut. Cam war sich plötzlich extrem bewusst, wie nahe Alex neben ihm saß. Zu dritt auf dem Sofa hatten sie enger zusammenrücken müssen. Aber obwohl jetzt wieder mehr Platz war, machte keiner von beiden Anstalten, das auszunutzen.

„Wie fühlst du dich?", fragte Cam.

„Ganz okay." Aber Alex sah Cam nicht in die Augen, und sein leicht verkniffener Gesichtsausdruck strafte seine Worte Lügen.

„Ich glaube dir nicht."

Alex seufzte. „Ja ... ehrlich gesagt geht es mir, glaube ich, ziemlich beschissen."

„Tut mir leid." Cam griff nach der Fernbedienung und drehte die Lautstärke herunter. Sie achteten ohnehin nicht mehr wirklich auf den Film.

„Ich wollte mich so gern outen. Ich bin es so leid, meine Sexualität geheim zu halten; es ist stressig und erschöpfend. Ich denke die ganze Zeit, ich sollte es vielleicht trotz allem tun, es einfach meinen Eltern sagen. Was wäre das Schlimmste, das passieren kann? Ich meine, es wird ihnen nicht gefallen, aber außer damit nicht einverstanden zu sein, was können sie schon groß tun? Ich glaube nicht, dass sie mich vor die Tür setzen werden oder mir irgendetwas antun oder so. Aber dann denke ich an meinen Vater und weiß, dass ich es nicht riskieren kann. Nicht, solange ich noch bei ihm lebe. Aber ich fühle mich einfach so scheiße deswegen. Ich hasse es, verbergen zu müssen, wer ich bin. Und es kommt mir vor, als hinge mein ganzes Leben irgendwie in der Warteschleife."

Cams Bauchgefühl sagte ihm, dass es in der Tat keine gute Idee wäre, wenn Alex sich bei seinen Eltern outen würde. „Du musst dich selbst schützen, Alex. Und es gibt viele Wege, jemanden zu verletzen, nicht nur auf körperliche Weise."

„Sie verletzen mich ja bereits." Alex' Stimme brach, und als Cam zur Seite schaute, sah er unvergossene Tränen in Alex' Augen schimmern.

„Komm her." Cam zog ihn in seine Arme, und Alex ließ es bereitwillig zu, schlang die Arme fest um Cam und drückte sein Gesicht an Cams Schulter. Cam erinnerte sich, dass er nach der Arbeit immer noch nicht geduscht hatte und wahrscheinlich nicht sehr gut roch, aber Alex schien das nichts auszumachen.

„Danke", sagte Alex und schmiegte sich an Cam. „Ich brauche das."

„Jederzeit", antwortete Cam. „Ernsthaft. Ich bin immer für dich da. Wenn dir zuhause die Decke auf den Kopf fällt, bis du hier immer willkommen."

„Was ist mit Wicksy? Hätte er etwas dagegen, wenn ich öfter hier abhänge?"

„Nein, überhaupt nicht." Wicksy war entspannt und umgänglich. Cam war sicher, es würde ihm nichts ausmachen, Alex öfter hier zu sehen als ohnehin schon.

„Okay, danke." Alex hob schließlich seinen Kopf von Cams Schulter und setzte sich wieder aufrecht hin. „Du bist ein toller Freund, Cam. Ich weiß das wirklich zu schätzen."

Sie schalteten den Zombiefilm aus und sahen sich stattdessen eine Komödie an. Irgendwann war es das Natürlichste der Welt für Cam, den Arm um Alex' Schultern zu legen, und Alex lehnte sich an ihn, warm an Cams Seite. Sie hatten beide schon vor einer Weile angefangen zu gähnen, aber Cam wollte Alex nicht bitten zu gehen.

Schließlich aber, kurz nach Mitternacht, löste sich Alex von Cam, stand auf und streckte sich. „Ich gehe jetzt besser. Danke für den wirklich schönen Abend. Er hat meine Laune gehoben.“

„Wie ich schon sagte, jederzeit.“ Cam stand ebenfalls auf und folgte Alex in den Flur, um ihn zur Tür zu bringen.

Sie umarmten sich noch einmal und drückten sich dabei so fest, als würde es ihnen widerstreben, einander loszulassen. Als sie sich schließlich trennten, wandte Alex sich ab, um die Tür zu öffnen. Cam empfand im selben Moment ein Gefühl von Verlust.

„Nacht. Bis bald.“ Alex lächelte Cam ein letztes Mal an, dann verschwand er in die Nacht.

Cam schloss die Tür hinter ihm und ging ins Bett, allein – wie immer. Es war Wochen her, dass er irgendeinen Versuch gemacht hatte, jemanden aufzureißen. Er war nicht sicher, was das bedeutete, und wollte es auch nicht allzu genau erforschen. Er war schon genug hin- und hergerissen.

ACHT

Ende September

ALEX LEHNTE sich an den Tresen in der Rezeption des Sandy Bay Ferienparks und starrte aus dem Fenster in den verregneten, grauen Himmel. Er war an diesem Morgen völlig durchnässt mit dem Fahrrad angekommen. Seine Mutter hatte den Wagen gebraucht, um zu ihrem Pilateskurs zu fahren, also hatte er ihn nicht ausleihen können, wie er es gelegentlich tat. Dabei war es kaum den Aufwand wert gewesen, überhaupt zur Arbeit zu kommen. Die Touristensaison war vorbei, und auf dem Platz war alles ruhig. Nur die Hälfte der Wohnwagen war belegt, und der Regen sorgte dafür, dass sich niemand nach draußen wagte. Die Rezeption war auch gleichzeitig ein Laden, wo man Grundnahrungsmittel kaufen und Wechselgeld für die Waschmaschinen und Trockner bekommen konnte. In der Hauptsaison und an sonnigen Tagen gingen die Leute hier ein und aus, aber heute hatte Alex kaum eine Menschenseele zu Gesicht bekommen.

Er wünschte, er hätte seinen Laptop mitgebracht, dann hätte er die Zeit zum Lernen nutzen können. Die beiden Onlinekurse in Geschichte und Soziologie, die er begonnen hatte, waren wirklich interessant, und er steckte gerade mitten in einem Aufsatz für Soziologie. Aber bei dem heftigen Regen hatte er nicht riskieren wollen, dass sein Laptop unterwegs auf dem Rad nass wurde.

Gelangweilt und unruhig holte er sein Handy heraus und las noch einmal die letzte Nachricht von Cam: *Freue mich schon darauf, dich morgen zu sehen :)*

Sie brachte Alex zum Lächeln. Sie sahen einander fast jeden Tag, aber heute Abend musste Cam zum Rugby-Training. Er hatte gesagt, Alex könnte danach noch vorbeikommen, aber Alex war durchaus klar, wieviel Zeit er bereits bei Cam verbrachte, und er wollte das Schicksal nicht unnötig herausfordern. Seit Amber und Sophia weggezogen waren und Hayden viel mit seinen neuen Schulkameraden – und seit Kurzem auch seinem neuen festen Freund – unternahm, war Alex aufgefallen, dass er sich vielleicht zu abhängig von Cam machte. Das war jedoch schwer zu vermeiden, wenn ihre Freundschaft die eine Sache war, die sein Leben derzeit erträglich machte.

Auch wenn diese Freundschaft ein zweischneidiges Schwert war.

Alex verbrachte wahnsinnig gern Zeit mit Cam, aber da war dieses konstante Gefühl, das an ihm nagte und ihm sagte, es war nicht genug. Jegliche Hoffnung, dass Alex je über seine Schwärmerei für Cam hinwegkommen würde, war vergebens. Je mehr Zeit sie zusammen verbrachten, umso schwerer fiel es Alex, seine Gefühle im Zaum zu halten. Er hatte bereits mehrmals erwogen, das bei Cam noch einmal anzusprechen. Immerhin lag es inzwischen drei Monate zurück, dass sie an dem Abend nach seiner letzten Prüfung miteinander herumgemacht hatten. Zwar hatte Cam Alex' Hoffnungen ein zweites Mal zunichte gemacht und darauf bestanden, dass zwischen ihnen nicht mehr als Freundschaft sein konnte, aber war es nicht möglich, dass er inzwischen anders empfand?

Vielleicht hatte aber auch die flüchtige Anziehung, die er für Alex gefühlt hatte, komplett nachgelassen. Falls das der Fall war, wollte Alex lieber die Wahrheit wissen.

Als er weiter durch seine Nachrichten scrollte, stieß er auf eine Unterhaltung, die er vor ein paar Tagen mit Amber geführt hatte.

Amber: *Hast du inzwischen einen Grindr-Account eingerichtet? Es ist wirklich Zeit, endlich loszulassen.*

Alex: *Was loszulassen?*

Amber: *Du weißt genau, was – oder besser gesagt: wen!*

Alex: *Ich denke darüber nach.*

Amber: *Das hast du beim letzten Mal schon gesagt.*

Ein seltener Anflug von Wagemut überkam Alex und ließ sein Herz schneller schlagen. Vielleicht war es wirklich an der Zeit, den Traum, dass eines Tages zwischen ihm und Cam etwas laufen würde, endgültig aufzugeben. Er rief den App-Store auf und begann zu suchen. Er erkannte das Grindr-Logo sofort von Haydens Handy wieder und lud die App herunter.

Sobald sie installiert war, öffnete er sie und richtete einen Account ein, bevor er kalte Füße kriegen konnte und womöglich seine Meinung änderte. Er hatte zwar noch kein Profilbild, aber er füllte einige grundlegende Informationen aus – Alter, Größe, Gewicht usw. – und schaltete sein Profil live.

Er rief das Raster auf, das ihm andere User in der Umgebung zeigte, und begann zu scrollen. Erwartungsgemäß gab es nicht viele User in der Nähe, aber es war mitten am Tag, und von Hayden wusste er, dass für gewöhnlich deutlich mehr Männer erst abends online gingen. Es gab nur wenige Profilbildern mit Gesichtern, aber jede Menge, die nur den Oberkörper zeigten, und einige Profile waren ganz ohne Foto – so wie das von Alex. Als ihm bewusst wurde, dass er diese Profile automatisch ignorierte, ging er in das Büro hinter dem Rezeptionstresen und schloss die Tür. Nachdem er sein T-Shirt ausgezogen hatte, machte Alex ein Selfie von seinem Oberkörper vor einer kahlen Wand, die keinen Aufschluss darüber geben würde, wo er sich befand. Er schob seine Jeans ein wenig tiefer auf die Hüften, so dass der Bund seiner Unterhose herauslugte, dann drückte er ab. Er betrachtete das Foto kritisch und beschloss, dass es seinen Zweck wohl erfüllen würde. Ja, er war zu mager und zu blass, aber daran konnte er im Moment nichts ändern, also lud er das Bild hoch und machte es zu seinem Profilbild.

Die Glocke auf dem Tresen ertönte, und er zuckte schuldbewusst zusammen. Rasch zog er sein T-Shirt wieder an, steckte sein Handy ein und eilte in die Rezeption. Eine Frau mit zwei Kindern wartete am Tresen.

„Tut mir leid, dass Sie warten mussten. Was kann ich für Sie tun?"

Sie wollte Vorschläge für Ausflugsziele bei schlechtem Wetter, also gab Alex ihr einige Flyer – vom örtlichen

Aquarium, Zoos, Museen und Indoor-Sportstätten. „Es gibt natürlich auch Hallenbäder. Das nächstgelegene ist in Bodmin, aber es gibt ein wirklich Spannendes in Falmouth, falls Ihnen die etwas längere Fahrt nichts ausmacht. Die haben dort Wasserrutschen und ein Wellenbad. Es ist ziemlich cool.“

„Vielen Dank“, sagte die Frau mit einem Lächeln.

In diesem Augenblick meldete sich Alex' Handy mit einem kurzen Ton, den er von Haydens Telefon als Benachrichtigung von Grindr wiedererkannte. Er errötete und sagte: „Gern geschehen. Ich wünsche Ihnen einen schönen Tag.“

Sobald die Gäste draußen waren, nahm er sein Handy heraus. Er war nervös und aufgeregt, als er sah, dass er eine Nachricht von jemandem namens BBoo hatte.

Da stand nichts weiter als *Hey*, aber zumindest war es ein Anfang.

Alex rief BBoos Profil auf und sah ein Torsofoto, das seinem eigenen bemerkenswert ähnlich war, abgesehen von dem Umstand, dass der Typ sonnengebräunt war. Mit einem Adrenalinstoß stellte Alex fest, dass er nur vierhundert Meter entfernt war.

Hi, wie geht's?, antwortete Alex.

Nicht übel. Hab aber Langeweile.

Ich auch.

Was machst du gerade?, fragte BBoo.

Nicht viel, schrieb Alex zurück. Er wollte nicht sagen, dass er auf der Arbeit war. Falls der Kerl sich hier im Sandy Bay Park Ferien aufhielt, wie Alex vermutete, wollte er ihm keine Hinweise auf seine Identität geben. Vielleicht hatten sie einander ja schon gesehen. *Und du?*

Mache Urlaub mit meinen Eltern und meiner Schwester und stecke drinnen fest wg Regen. Aber ist immer noch besser als Chemieunterricht.

Es kam ihm seltsam vor, dass ein Teenager um diese Zeit des Jahres mit seinen Eltern unterwegs war. Aber manche Leute nahmen ihre Kinder aus der Schule, um die günstigeren Preise außerhalb der Schulferien auszunutzen.

Dann gehst du also noch zur Schule?, fragte Alex.

Ja. Mein letztes Jahr.

Alex versuchte zu entscheiden, was er als nächstes fragen sollte, aber BBoo kam ihm zuvor: *Ich bin geil. Hast du Lust, dich mit mir zu treffen? Uns gegenseitig einen zu blasen oder sowas?*

Bei dem Gedanken, mit einem völlig Fremden Sex zu haben, wurde Alex ganz heiß. Das würde sich echt verdorben anfühlen – auf gute Art und Weise, hoffte Alex. Und es war schon so lange her, seit er irgendetwas mit einer anderen Person getan hatte. Abgesehen von dem demütigenden Handjob mit Cam, war Hayden der letzte gewesen, und das lag schon über ein Jahr zurück.

Vielleicht. Könnte ich vorher dein Gesicht sehen? Ich heiße übrigens Alex. Bettler konnten nicht wählerisch sein, aber Alex wollte zumindest sichergehen, dass er BBoo wenigstens etwas attraktiv fand, bevor er sich auf irgendetwas einließ.

Klar, Alex. Ich heiße Ben, und ich würde dich auch gern sehen.

Ben schickte ein Foto hinterher. Er war recht schnuckelig. Nicht so heiß wie Cam natürlich, aber mit Cam konnte sich für Alex sowieso niemand vergleichen. Ben hatte dunkles, zerzaustes Haar und ein nettes Lächeln. Er sah durchschnittlich aus, aber auf gewisse Weise war das gut, weil er Alex dann weniger einschüchterte.

Danke :)

Alex machte ein schnelles Selfie und schickte es ebenfalls. Er hoffte nur, dass Ben davon nicht abgetörnt wurde. *Du bist süß*, schrieb Ben zurück. *Also, was denkst du? Wollen wir uns treffen und schauen, was geht?*

Alex' Herz pochte laut, während er überlegte.

Ja. Es war an der Zeit zu akzeptieren, dass mit Cam nichts laufen würde. Ein schnelles Zusammentreffen mit Ben mochte genau das Richtige sein, um ihm zu helfen, endlich von Cam loszukommen.

Ja, okay. Einen Moment lang zögerte er mit dem Finger über dem Display, dann drückte er Senden.

Hast du jetzt Zeit?

Nein. Aber ich habe um 12 Mittagspause. Bis dahin war es weniger als eine Stunde. Um diese Zeit des Jahres sprang in den Pausen niemand für Alex ein, aber er durfte die Rezeption verlassen, wenn er wollte. Was er normalerweise nicht tat, weil es hier sonst ohnehin nichts zu tun gab.

Wo können wir uns treffen?

Darüber hatte Alex gar nicht nachgedacht. Er konnte Ben ja schlecht mit nach Hause nehmen. Zwar war sein Vater den ganzen Tag nicht da, aber seine Mutter schon. Das war viel zu riskant. Und Ben hatte wahrscheinlich auch keine Privatsphäre, wenn er mit seiner ganzen Familie zusammen in einem Wohnwagen steckte. Die Duschräume? Oder die Toiletten? Da könnten sie sich immerhin in einer Kabine einschließen. Aber nein. Alex würde viel zu viel Angst haben, erwischt zu werden, um überhaupt einen hochzukriegen. Irgendwo draußen? Es gab einen sichtgeschützten Platz im Wald am Uferweg, aber man konnte nie wissen, ob nicht jemand mit seinem Hund dort vorbeikam. Außerdem goss es immer noch in Strömen, und es sah so aus, als würde das für den Rest des Tages so bleiben.

Plötzlich hatte Alex eine Eingebung. Es gab zwei Reihen älterer Wohnwagen, die über den Winter repariert und wieder in Schuss gebracht werden sollten. Sie standen unbeachtet am Rand des Geländes, waren allesamt leer, und Alex hatte die Schlüssel.

Wagen Nummer 70. Triff mich da kurz nach 12.

Okay :)

Dann klingelte das Telefon.

Als Alex das Gespräch mit dem Kunden beendet hatte, der einen Wohnwagen im Oktober mieten wollte, öffnete erneut Grindr und las noch einmal die Nachrichten. Er beschloss, erst einmal nichts weiter zu schreiben. Er würde schon bald genug persönlich mit Ben reden können.

Um zwölf stellte Alex ein Schild auf den Tresen, auf dem stand: *Mittagspause bis 13 Uhr.* Unterwegs machte er noch bei den Toiletten Halt, um zu pinkeln. Erleichtert, dass niemand dort war, wusch er hastig seinen Schwanz in einem der Waschbecken. Es erschien ihm nur höflich, frisch und sauber zu sein, wenn jemand drauf und dran war, ihm einen zu blasen. Beim Gedanken daran bekam er einen Halbharten. Schließlich spülte er sich noch den Mund aus und wünschte, er könnte seine Zähne putzen.

Mit hochgezogener Kapuze eilte Alex zum Rand des Geländes, wo die älteren Wohnwagen standen. Als er in die Reihe für die Wagen 70 bis 79 einbog, sah er eine andere Gestalt mit hochgezogener Kapuze an Nummer 70 lehnen.

Mit aufgeregt klopfendem Herzen ging Alex weiter, und schließlich blickte Ben auf und lächelte.

„Hi", sagte Alex etwas atemlos.

„Hey, Alex. Schön, dich kennenzulernen." Ben streckte seine Hand aus, und Alex ergriff sie und schüttelte. Er lachte etwas verlegen. „Ganz schön formell."

„Ja, sorry", sagte Ben. „Ich bin echt nervös, und ich hab' keine Ahnung, welche Benimmregeln bei sowas gelten. Ich mach' das nicht oft."

Ben schien offen und ehrlich zu sein, was Alex sehr erleichterte. Er entspannte sich etwas. „Ich auch nicht." Er holte den Schlüssel für den Wohnwagen heraus. „Sollen wir ins Trockene gehen?"

„Ja, bitte."

Das Schloss klemmte ein wenig, aber mit etwas Rütteln gelang es Alex, den Schlüssel zu drehen. Im Inneren des Wohnwagens war es schummerig dunkel. Die Vorhänge waren zugezogen und blockierten das Tageslicht. Es roch ein wenig feucht.

„Dann schläfst du also nicht hier?", fragte Ben, der sich verwirrt in dem offensichtlich unbewohnten Wagen umsah.

„Nein, ich arbeite hier im Park." Alex grinste. „Ich wusste, dass die ganze Reihe hier leersteht, und dachte, es wäre ein guter Ort, um sich zu treffen."

„Oh, super."

Sie standen noch in der offenen Tür und schauten einander an. Alex musterte Ben genauer. Er war von Angesicht zu Angesicht genauso anziehend wie auf dem

Foto. Er hatte seine Kapuze heruntergeschoben, und sein Haar war auf coole Weise zerzaust. Er trug blaue Schwimmshorts und einen dunkelgrauen Hoodie. Sein Grinsen war schelmisch, und Alex spürte ein Aufflackern von Erregung bei dem Gedanken an das, was sie gleich tun würden.

„Wollen wir uns setzen?", schlug er vor.

„Okay." Im Heck des Wohnwagens gab es rundum Sitzpolster, die an einer Wand etwas weiter verliefen als an der anderen. Sie setzten sich auf den Teil, der nicht um den Tisch herumging. „Was würdest du gern machen?" Alex rutschte näher zu Ben, sodass sich ihre Oberschenkel berührten.

„Wir könnten mit Küssen anfangen." Wagemutig legte Alex eine Hand auf Bens Bein. Er konnte die festen Muskeln unter dem Stoff der Shorts fühlen.

„Hört sich nach einem Plan an." Lächelnd beugte Ben sich vor. Alex kam ihm auf halbem Weg entgegen, und ihre trafen sich in einem zögerlichen Kuss.

Er kam Alex wie eine Ewigkeit vor, seit er das zuletzt gemacht hatte. Er hatte ganz vergessen, wie seltsam es war ... diese eigenartige Intimität, mit seinem Mund den von jemand anderem zu berühren. Ben legte seine Handfläche an Alex' Wange und hielt seinen Kopf, dann vertiefte er den Kuss auf eine Weise, bei der Hitze durch Alex' Körper strömte und sich mit dem warmen Gewicht der Erregung in seinem Schoß sammelte.

Alex erwiderte den Kuss und wurde mit einem kleinen, zufriedenen Stöhnen von Ben belohnt. Dann spürte er Bens andere Hand langsam an seinem Oberschenkel aufwärtsgleiten. Als Bens Hand die Ausbeulung in seiner

Shorts erreichte und sanft drückte, konnte Alex ein Stöhnen nicht zurückhalten.

Alex erwiderte den Gefallen und rieb Bens Ständer durch den Stoff. Ben war genauso hart wie er selbst, und das törnte Alex nur noch mehr an. Das Verlangen machte ihn mutig, und so unterbrach er den Kuss und fragte: „Kann ich dir den Schwanz lutschen?"

„Oh Gott, ja, bitte", antwortete Ben atemlos. „Und danach lutsche ich deinen."

Alex ging zwischen Bens gespreizten Schenkeln auf seine Knie herunter und half Ben, seine Shorts herunterzuziehen. Ben hatte einen hübschen Schwanz – ganz gerade, nicht beschnitten – und er erhob sich steil aus einem buschigen Nest dunkler Schamhaare. Der Geruch männlicher Erregung machte Alex den Mund wässrig. Zögernd senkte er den Kopf und leckte versuchsweise an der Eichel.

„Oh Scheiße", stöhnte Ben. Er legte seine Hand auf Alex' Kopf und fuhr mit den gespreizten Fingern durch sein Haar. „Das fühlt sich so geil an."

Alex lutschte fester, tiefer; er erinnerte sich all alles, was er mit Hayden gelernt hatte. Hayden hatte sich als guter Lehrer erwiesen, hatte Alex gesagt, was sich gut anfühlte, und Alex erinnerte sich auch an das, was er selbst gut gefunden hatte. Und all diese Dinge probierte er nun aus, saugte, leckte und setzte seine Hand zusammen mit seinem Mund ein. Er öffnete seine eigene Hose ebenfalls und drückte seine Erektion, widerstand aber dem Drang, sich selbst zu wichsen, denn er befürchtete, sonst jede Sekunde zu kommen.

Ben war laut. Er stöhnte und fluchte. Wäre er leiser gewesen, hätte Alex vielleicht die Stimmen draußen gehört. Stattdessen riss ihn das Geräusch der sich öffnenden Wohnwagentür hinter ihm abrupt aus der Stimmung des Augenblicks, elektrisches Licht flutete den eben noch dämmrigen Innenraum, und die Stimme seines Vaters sagte: „Okay, wie Sie sehen können, benötigt der Wagen einige–"

Alex war so erstarrt vor Schreck, dass er sich tatsächlich nicht bewegen konnte.

„Scheiße!", Ben schob Alex' Kopf weg, bedeckte seine Blöße mit den Händen und versuchte gleichzeitig verzweifelt, seine Shorts hochzuziehen.

„Was zum Teufel geht hier vor sich?", brüllte Alex' Vater voller Zorn. „Das hier ist ein Privatgelände. Ihr Perversen habt kein Recht, hier zu sein. Ich rufe auf der Stelle die Polizei."

„Nein!" Alex sprang auf die Füße, fummelte seinen Hosenstall zu und drehte sich zu seinem Vater um, der bereits sein Telefon in der Hand hatte. „Tu das nicht. Es tut mir leid." Zwei weitere Männer standen rechts und links von ihm, aber Alex starrte nur seinen Vater an und beobachtete mit morbider Faszination, wie dessen Gesichtsfarbe von zorniger Röte in schockiertes Weiß überging.

„Alex!" Er schüttelte den Kopf. „Was ...?"

Alex wurde übel; Panik machte ihn schwindelig. Er fragte sich, ob es möglich war, mit achtzehn bereits einen Herzinfarkt zu haben. „Es tut mir leid, Papa", sagte er leise. Er war sich nicht ganz sicher, wofür er sich entschuldigte. Dafür, den Wohnwagen benutzt zu haben? Dass sein Vater es auf diese Weise herausgefunden hatte? Er entschuldigte sich jedenfalls nicht dafür, schwul zu sein. Das war etwas, wofür er nichts konnte.

„Oh Scheiße, das ist dein Vater?" Bens entsetzte Stimme erinnerte Alex daran, dass seine Grindr-Bekanntschaft immer noch anwesend war.

„Japp."

„Ich sollte gehen." Ben stand auf. Seine Kleidung war wieder in ordentlichem Zustand. Er warf Alex' Vater einen nervösen Blick zu, dann wandte er sich wieder Alex zu. „Kommst du klar?"

„Ja." Alles hatte keine Ahnung, ob er klarkam, aber das war nicht Bens Problem. Der arme Kerl sah aus, als würde er sich gleich in die Hose machen.

Alex hatte vollstes Verständnis dafür.

BEN EILTE ZUR TÜR, umrundete die drei Männer, die ihm im Weg standen, und sprang hinaus. Die anderen Männer sahen ihm nach, aber Alex' Vater ignorierte ihn komplett – seine ganze Aufmerksamkeit galt Alex.

Einer der Männer räusperte sich. „Sollen wir Sie vielleicht lieber allein lassen, Mr. Elliot?" Peinlich berührt rieb er sich den Nacken. „Es scheint, als hätten Sie hier eine, äh ... kleine Familienkrise. Wir können auch später wiederkommen, oder morgen."

„Später passt mir gut. Geben Sie mir eine Stunde." Seine Stimme war ebenso frostig wie der Blick, mit dem er Alex fixierte. Alex drehte sich vor Angst der Magen um, aber er straffte die Schultern, als die beiden Männer gingen und die Tür hinter ihnen ins Schloss fiel.

Die Stille nach ihrem Fortgang war unerträglich. Alex wartete, während die Sekunden dahin tickten, bis er es nicht mehr aushielt.

„Es tut mir leid", wiederholte er.

„Das sollte es verdammt auch." Der gefühllose Tonfall seines Vaters entsetzte Alex mehr als dessen üblicher Jähzorn. Es war etwas Neues, und Alex wusste es nicht einzuordnen. Er versuchte, nicht zurückzuzucken, als sein Vater auf ihn zutrat und den Abstand zwischen ihnen verringerte, bis Alex den Geruch von abgestandenem Kaffee in seinem Atem riechen und jedes einzelne seiner Nasenhaare sehen konnte. „Wie *kannst* du es wagen?", fauchte Martin Elliot voll unterdrückten Zorns. Seine Worte waren wie Lenkgeschosse, auf ein hilfloses Ziel ausgerichtet. „Du ekelhafte, kleine Schwuchtel. Gehst für einen anderen Jungen auf die Knie, auf meinem Grund und Boden, direkt vor meiner Nase. Du machst mich *krank*." Er bewegte sich so schnell, dass Alex kaum Zeit hatte, es wahrzunehmen, bevor die Hand seines Vaters ihn im Gesicht traf. Der Schlag schleuderte ihm den Kopf nach hinten, und er verspürte einen scharfen Schmerz, als er taumelte und fiel. Und dann noch mehr Schmerzen, als sein Rücken auf die Kante der Sitzbank prallte.

Instinktiv rollte Alex sich zusammen, um sich vor weiteren Schlägen zu schützen, die jedoch ausblieben. Er nahm die Hände von Gesicht und konnte gerade noch die angewiderte Miene seines Vaters sehen, bevor der ihn anspuckte. „Und jetzt verpiss dich. Runter von meinem Grund und Boden. Ich ertrage es nicht, dich auch nur anzusehen."

Alex bewegte sich wie auf Autopilot. Seine Gliedmaßen fühlten sich an, als würden sie gar nicht ihm gehören, als er sich ungeschickt hochrappelte und an seinem Vater vorbei hinausrannte. Sein Gesicht brannte, sein

Rücken schmerzte, aber er ignorierte die Schmerzen. Er musste weg, so weit weg wie möglich von diesem Menschen, den er kaum wiedererkannte. Das von Grausamkeit und Hass verzerrte Gesicht des Mannes war für Alex nicht länger das Gesicht seines Vaters.

Der Regen mischte sich mit den heißen Tränen, die ihm über die Wangen rannen, während er zu dem Platz lief, wo er sein Fahrrad abgestellt hatte. Sein Helm war noch im Büro, genau wie seine Regenjacke, aber er hielt nicht an, um die Sachen zu holen. Mit zitternden Fingern schloss er sein Rad auf, sprang auf den Sattel und trat in die Pedale, so schnell er konnte. Instinktiv flüchtete er zu dem einzigen Ort, an dem er sich sicher wähnte.

Cams Telefon klingelte, aber er ignorierte es. Er war auf der Arbeit und wartete gerade einen der Aufsitzrasenmäher – immer eine gute Aufgabe für einen regnerischen Tag – und so überließ er den Anruf der Voicemail.

Aber es klingelte gleich noch einmal.

Mit einem verärgerten Schnauben wischte er seine öligen Hände an einem Lappen ab und holte sein Telefon heraus, knapp eine Sekunde zu spät, um den Anruf anzunehmen.

Da er von einer unbekannten Nummer kam, machte er sich nicht die Mühe zurückzurufen. Wahrscheinlich einer dieser nervigen Werbeanrufe. Aber dann klingelte es erneut.

„Wer ist da?", fragte er schnippisch.

„Cam? Ich bin's, Seb. Vom Rainbow Place."

„Oh, Seb. Hi. Was gibt's?" Cam konnte sich nicht vorstellen, wieso in aller Welt Seb ihn anrufen sollte. Sie kannten sich nur ein wenig, weil Cam regelmäßig Gast im Café war, aber sie waren nicht wirklich

Freunde. Der Anruf kam für Cam wie aus heiterem Himmel.

„Ich habe Alex hier." Etwas in Sebs Ton alarmierte Cam auf der Stelle.

„Was ist los? Was ist passiert?"

„Er hatte einen Zusammenstoß mit seinem Vater. Das Ganze wurde ziemlich hässlich, und es geht ihm nicht besonders gut – mehr emotional gesehen als körperlich", fügte Seb rasch hinzu. „Er bat mich, dich anzurufen und zu fragen, ob du herkommen kannst."

Cam war bereits in Bewegung und unterwegs zu Jims Büro. An regnerischen Tagen wie heute war Cam glücklicherweise abkömmlich. Wenn es zu nass war, um draußen zu arbeiten, hatten sie immer Schwierigkeiten, eine sinnvolle Beschäftigung zu finden. „Ich bin so schnell da, wie ich kann. Sag Alex, ich bin unterwegs."

Aus Höflichkeit klopfte er an Jims Tür. Sie war aber ohnehin nur angelehnt, deshalb drückte er sich gleich auf.

„Ja?" Jim sah von seinem Schreibtisch auf. Irgendwie wirkte er hinter einem Computer total fehl am Platze mit seinem wettergegerbten Gesicht und der Brille, die er bei der Außenarbeit nicht brauchte. „Was gibt's?"

„Bei einem Freund von mir gab es einen Notfall. Wenn es okay ist, würde ich für heute Schluss machen."

Jim runzelte besorgt die Stirn. „Natürlich, Junge. Wir kommen für den Rest des Tages ohne dich zurecht."

„Danke. Ich hole die Zeit nach. Oder du kannst sie mir vom Wochenlohn abziehen."

„Das ist nicht nötig. Heute ist sowieso nicht viel zu tun, keine Sorge. Jetzt geh dich um deinen Freund kümmern. Ich hoffe, es ist nicht so schlimm."

Das hoffte Cam auch. Aber es hatte sich ziemlich schlimm angehört.

Alle möglichen Schreckensszenarien gingen ihm auf der Fahrt zurück nach Porthladock durch den Kopf. Was in aller Welt war zwischen Alex und seinem Vater vorgefallen?

CAM PLATZTE zur Tür herein und suchte das Café nach Alex oder Seb ab, aber weder der eine noch der anderen waren zu sehen. Voller Sorge drängte er sich an einer Reihe wartender Gäste bis zur Bar durch. „Entschuldigung", rief er dem jungen Mann dahinter zu, der dabei war, Bestellungen entgegenzunehmen. Er war neu hier, und Cam kannte seinen Namen nicht. „Ich suche nach Seb und Alex. Sind sie hier?"

„In der Küche", antwortete der Mann. „Bist du Cam?" Cam nickte. „Dann geh einfach durch. Sie erwarten dich." Er lächelte, und unter seinen rötlich blonden Bartstoppeln erschienen Grübchen.

„Danke."

In der Küche fand Cam Alex und Seb in einer Ecke auf zwei Stühlen, die aus dem Gastraum hereingebracht worden waren. Die Köchin Amelia und Tom, die Küchenhilfe gingen geschäftig ihrer Arbeit nach. Beide begrüßten Cam leise, als er an ihnen vorbeiging, aber Cams ganze Aufmerksamkeit galt Alex. Seb hatte einen Arm um Alex gelegt, und Alex hielt sich einen Eisbeutel an die Wange. Beide sahen auf, als Cam näher kam. Dann ließ Alex den Eisbeutel fallen.

„Cam." Alex' Stimme brach, als er aufsprang.

Er hatte einen flammend roten Handabdruck auf der Wange, und rund um sein Auge bildete sich bereits ein dunkler Bluterguss. Cam wurde vor Zorn übel bei dem Anblick, aber er riss sich zusammen, um Alex den Trost spenden zu können, den er so offensichtlich jetzt benötigte. Cam öffnete seine Arme. Alex warf sich an ihn und klammerte sich an Cam fest, während sein Körper von Schluchzen geschüttelt wurde. Cam wollte dringend wissen, was vorgefallen war, aber Alex war eindeutig noch nicht in der Lage, darüber zu sprechen. Also hielt Cam ihn einfach fest, streichelte seinen Rücken und murmelte tröstende Worte. „Ist schon gut ... es wird alles gut."

Über Alex' Schulter hinweg fing Seb Cams Blick auf und schüttelte mit grimmiger Miene den Kopf, bevor er aufstand und Cams Arm tätschelte. „Es tut mir leid. Ich muss wieder nach vorn und Dylan helfen. Er hat die ganze letzte Stunde über allein die Stellung gehalten. Setz dich auf meinen Platz."

Cam führte Alex zu den beiden Stühlen. „Entschuldigung", murmelte Alex schniefend.

„Du musst dich für absolut *nichts* entschuldigen." Da Alex jetzt etwas ruhiger zu sein schien, fragte Cam sanft: „Kannst du mir sagen, was passiert ist?"

Alex hob den Eisbeutel auf und drückte ihn wieder gegen seine Wange. „Mein Vater hat mich mit einem anderen Jungen erwischt. Er ist durchgedreht."

Der plötzliche Stich brennender Eifersucht, den Cam verspürte, war komplett unangebracht, aber er konnte nichts dagegen tun. Er versuchte, sich nichts anmerken zu lassen, und fragte: „Was für ein Junge? Was ist passiert?"

„Nur irgendein Junge, den ich auf Grindr gefunden

habe", antwortete Alex und wurde rot. „Es war das erste Mal, dass ich die App benutzt habe. Er war im Sandy Beach Park, und ich habe mich mit ihm in einem der unbenutzten Wohnwagen verabredet, die zur Überholung beiseite gestellt worden sind. Aber dann ist mein Vater mit ein paar Leuten aufgetaucht, die an den Wagen arbeiten sollen. Ich habe ihn nicht kommen gehört, und er hat uns erwischt, mitten in ... mittendrin halt."

„Oh." Sofort hatte Cam den Kopf voll mit Bildern von besagtem „Mittendrin". Aber er verdrängte jeden Gedanken an das, was Alex und dieser andere Junge miteinander getan haben mochten. Alex brauchte jetzt seine Unterstützung, und Cam hatte ohnehin kein Recht, so besitzergreifend zu empfinden. Alex war frei, mit anderen Typen zu tun und zu lassen, was immer er wollte.

„Es war furchtbar, Cam. Ich war auf meinen Knien und habe Ben einen geblasen. Und ausgerechnet so findet mein Vater es heraus! Gott ..."

„Und was hat dein Vater getan? Und warum hat keiner von den anderen irgendetwas unternommen, um ihn aufzuhalten?"

„Die waren schon weg. Er schien anfangs ganz gefasst zu sein – also, offensichtlich wütend, aber nicht außer Kontrolle. Erst, als wir allein waren, ist er durchgedreht und hat mich geschlagen."

„Wie sehr bist du verletzt? Brauchst du einen Arzt? Lass mal sehen." Behutsam drehte Cam Alex' Gesicht und nahm den Eisbeutel weg. Alex hatte einen kleinen Schnitt über dem Wangenknochen, und die Seite seines Gesichts war etwas angeschwollen. Der Bluterguss um sein Auge würde in ein paar Stunden ziemlich übel aussehen. Cam hätte Alex' Vater am liebsten auf der Stelle aufgesucht und ihn grün und blau geschlagen.

Was für ein beschissenes Arschloch!

„Nein." Alex schüttelte den Kopf. „Ist nur ein bisschen geschwollen. Ich habe mir den Rücken angestoßen, als ich gestürzt bin, aber es ist nichts Ernstes."

„Du solltest ihn bei der Polizei anzeigen", sagte Cam. „Er sollte damit nicht so einfach davonkommen."

„Das hat Seb auch gesagt. Aber nein. Ich will das nicht durchmachen, was bei der Polizei passiert ... oder später bei Gericht. Das ist so demütigend. Ich will einfach nur vergessen, dass es je passiert ist."

„Aber was willst du jetzt tun, Alex? Du lebst bei ihm – oder hast zumindest bei ihm gelebt. Bestimmt kannst du jetzt nicht mehr nach Hause gehen, selbst wenn du wolltest."

„Ich weiß nicht, Cam. Ich weiß nicht, was zum Henker ich jetzt machen soll." Alex' Stimme klang heiser und gepresst. „Ich will mit ihm nichts mehr zu tun haben, aber ich kann nirgendwo anders hin. Letztes Jahr hätte ich vielleicht noch bei Amber wohnen können – ihre Mutter hat ein Gästezimmer – aber jetzt ist Amber in Plymouth, und es wäre komisch, in ihrem Haus zu sein, selbst wenn ihre Mutter mich eine Weile bleiben lassen würde. Und Scheiße – ich habe auch gar keinen Job mehr. Ich kann nicht mehr für meinen Vater arbeiten. Falls ich einen anderen Job finde, kann ich vielleicht irgendwann etwas mieten, aber vorerst habe ich kein Geld. Gott, es ist alles so beschissen kompliziert und überwältigend."

„Du kannst bei mir wohnen", sagte Cam. „Ich will nicht, dass du zurückgehst und mit deinem Vater unter einem Dach lebst. Meine Wohnung ist nicht ideal, aber du kannst auf dem Sofa schlafen. Es gehört dir, so lange wie du es brauchst, während du dir überlegst, wie es weitergehen soll. Zwar hast du da nicht allzu viel Privatsphäre oder Stauraum für dein Zeug, aber du wärst in Sicherheit, und das ist jetzt erst einmal das Wichtigste."

„Wirklich? Bist du sicher?" Alex schaute Cam eindringlich in die Augen.

„Absolut."

„Was ist mit Wicksy?"

„Ich bin sicher, es macht ihm nicht aus. Aber ich kann ihn jetzt anrufen, um sicherzugehen – wenn du bei uns wohnen willst?"

Alex nickte und sagte leise: „Bitte, ja. Ich wüsste nicht, wo ich lieber wäre." Als Cam sein Handy herausholte, um den Anruf zu machen, sagte Alex: „Oh Mist, ich muss Ben noch antworten. Er hat mir vorhin geschrieben und gefragt, ob alles in Ordnung ist, aber ich habe vergessen zu antworten." Er holte ebenfalls sein Handy heraus und öffnete Grindr. „Gott, ich habe Nachrichten von drei weiteren Typen. Tja, die haben jetzt Pech. Nach heute bin ich echt nicht mehr in der Stimmung." Cam versuchte, sich darüber nicht freuen, während Alex die anderen Nachrichten löschte, ohne zu antworten. „Ich glaube, ich werde die App wieder runterschmeißen, nachdem ich Ben geantwortet habe." Er fing an zu tippen.

„Ich habe hier nur ein schwaches Signal. Ich gehe kurz nach draußen und rufe Wicksy an, okay?"

„Klar." Alex blickte auf und lächelte. Es war das erste echte Lächeln, das Cam heute von ihm gesehen hatte, und Cam war erleichtert, ihn ein wenig hoffnungsvoll zu sehen, anstatt so am Boden zerstört wie noch vor wenigen Minuten.

WIE CAM ERWARTET HATTE, hatte Wicksy absolut nichts dagegen, Alex bei ihnen wohnen zu lassen, vor allem, nachdem Cam erklärt hatte, was mit Alex' Vater vorgefallen war.

„Das ist echt das Allerletzte", schimpfte Wicksy. „Wir sollten das Rugby-Team zusammentrommeln und ihm eine Lektion erteilen."

„Sollten wir wirklich, oder?", antwortete Cam. „Das wär's. Aber wenigstens wird Alex bei uns vor ihm sicher sein. Wahrscheinlich braucht aber sein Zeug von zuhause, da wäre es vielleicht gut, wenn du als Verstärkung mitkommen könntest, während er seine Sachen packt."

„Gute Idee. Ich bin dabei."

Cam musste über Wicksys Eifer grinsen. „Danke, Alter. Wir sehen uns dann später. Oh ... kannst du mich bei Drew entschuldigen? Ich schaffe es heute Abend nicht zum Training."

„Ja, kein Problem. Bis dann."

Cam ging wieder hinein. Als er an der Bar vorbeiging, sprach Seb ihn an. „Wie geht es ihm?"

Cam zuckte mit den Schultern. „Schwer zu sagen. Er hat sich etwas beruhigt, aber er weiß natürlich nicht, was er jetzt machen soll. Nach Hause zurück will er jedenfalls nicht."

„Kann ich ihm nicht verdenken. Und er sollte auch nicht zurück, nicht nach dem, was passiert ist. Ich wünschte, er würde die Polizei einschalten, aber wir müssen seine Entscheidung respektieren." Seb runzelte die Stirn. „Wenn er einen Platz zum Schlafen braucht, sag ihm, er kann mein Gästezimmer haben. Das ist frei."

„Ich glaube, er will für eine Weile bei mir wohnen, aber ich habe nur ein Sofa anzubieten. Ich lasse ihn wissen, dass du ein besseres Angebot hast."

„Was immer er will. Ich wünschte, ich könnte mehr tun, um zu helfen."

Einer plötzlichen Eingebung folgend, sagte Cam: „Ich denke, er könnte einen neuen Job gebrauchen. Hast du noch freie Schichten? Bis jetzt hat er für seinen Vater gearbeitet, also braucht er etwas Neues."

Sebs Miene erhellte sich. „Aber ja! Ich habe ohnehin schon darüber nachgedacht, weitere Leute einzustellen, weil wir immer mehr Gäste bekommen. Wahrscheinlich kann ich ihm keinen Vollzeitjob anbieten, aber auf jeden Fall kann er ein paar Schichten pro Woche übernehmen, besonders, wenn er bereit ist, sowohl in der Küche als auch im Service zu arbeiten. Er kann dann in den Stoßzeiten jeweils da einspringen, wo Hilfe gebraucht wird."

„Cool. Ich sag's ihm, ja? Danke, Seb."

Als Cam in die Küche zurückkehrte, fand er Alex beim Paprikaschneiden vor. „Amelia hat mir etwas zu tun gegeben." Er lächelte Cam an. „So kann ich mich nützlich machen und stehe nicht im Weg."

„Dann gewöhn dich schonmal daran", sagte Cam grinsend. „Weil Seb nämlich einen Job für dich hat. Sofern du willst."

„Im Ernst?" Alex' Lächeln wurde breiter. „Hat er das gesagt?"

„Ja. Er kann noch Hilfe brauchen. Oh, und er bietet dir sein Gästezimmer an."

„Wow. Das ist wirklich nett von ihm. Denkst du, ich sollte annehmen? Wäre das für dich und Wicksy angenehmer?"

„Liegt ganz bei dir." Cam wollte Alex zu nichts überreden. „Wicksy würde sich freuen, wenn du bei uns wohnen würdest, und ich natürlich sowieso. Aber wenn du lieber ein Zimmer für dich allein möchtest, dann ist Sebs Angebot sicher die bessere Option. Also solltest du es vielleicht in Erwägung ziehen."

Mit einem nachdenklichen Ausdruck im Gesicht fuhr Alex fort, die Paprikas zu schnippeln. „Ja. Ich werd's mir überlegen. Aber kann ich wenigstens heute Nacht bei dir schlafen?"

„Natürlich." Cam wollte Alex unter seinem Dach haben, wo er ihn in Sicherheit wusste. Natürlich wäre er auch bei Seb sicher, aber Seb kannte Alex nicht, so wie Cam ihn kannte. Cam wollte für Alex da sein, falls er ihn brauchte. Niemand konnte wissen, wie es ihm später gehen würde nach dem, was mit seinem Vater passiert war. „Bleib erst einmal ein paar Tage bei mir, während du dir ganz in Ruhe überlegst, was du langfristig machen willst."

„Okay, danke."

AN DIESEM ABEND SASSEN CAM, Alex und Wicksy zusammen und schauten irgendeine Wissenschafts-Doku im Fernsehen. Alex steckte bereits in einem Schlafsack und trug eins von Cams alten T-Shirts. Er hatte schon einige Male gegähnt, bestand aber darauf, dass er noch nicht zum Schlafen bereit war. Cam saß auf dem Sofa, mit Alex' Füßen auf seinem Schoß, und Wicksy hatte es sich im Sessel bequem gemacht.

Sie hatten für Alex eine Zahnbürste besorgt, und Wicksys Ladekabel passte an Alex' Handy, also hatte er alles, was er für eine Nacht brauchte.

Alex' Telefon klingelte. Als er die Hand danach ausstreckte, zögerte er einen Moment. „Es ist meine Mutter." Mit weit aufgerissenen Augen schaute er Cam an. „Denkst du, sie weiß, was passiert ist?" Das war offensichtlich keine Frage, die Cam beantworten konnte. Alex ergriff sein Handy und nahm den Anruf entgegen. „Hi."

Einen Moment lang war er still, dann sagte er: „Nein. Ich komme nicht nach Hause."

Mehr Stille. Alex verzog das Gesicht. „Dann hat er dir nichts von dem erzählt, was heute passiert ist?" Eine weitere Pause. „Tja, tut mir leid, dass du dir Sorgen gemacht hast. Ich will jetzt nicht darüber reden, aber wenn du wissen willst, warum ich weder heute noch in absehbarer Zukunft heimkomme, dann fragst du am besten Papa." Alex zog das Telefon von seinem Ohr weg und ignorierte die blecherne Stimme, die immer noch weitersprach, als er die Verbindung beendete. Er atmete geräuschvoll aus und sagte: „Ich muss natürlich irgendwann demnächst zurück, um meine Sachen zu holen, oder?"

„Wir werden dich begleiten", sagte Wicksy. „Also mach dir darum keine Sorgen."

„Danke." Alex lächelte verhalten. „Im Ernst, ich danke euch beiden von ganzem Herzen."

Als die TV-Doku zu Ende war, stand Wicksy auf und streckte sich. „Ich gehe ins Bett. Nacht, Leute."

„Nacht", sagte Alex.

„Schlaf gut", fügte Cam hinzu.

Sobald er weg war, schaltete Cam den Fernseher aus, dann drückte er Alex' Füße durch den Schlafsack. „Wie fühlst du dich?"

„Ganz ehrlich? Keine Ahnung." Alex runzelte die Stirn und betastete die Blutergüsse in seinem Gesicht. „Es erscheint mir alles ein bisschen unwirklich. Ich kann immer noch nicht fassen, dass das passiert ist."

„Ja, ist nicht leicht zu verarbeiten."

„Ich sollte dich jetzt schlafen gehen lassen", sagte Alex." Du musst morgen früh zur Arbeit, und ich habe Seb zugesagt, ins Rainbow Place zu kommen, um über den Job zu sprechen."

„Bist du sicher? Ich kann dir Gesellschaft leisten, falls du noch ein bisschen aufbleiben willst."

„Nein, es geht mir gut. Ich glaube, ich kann bald einschlafen, und wenn nicht, sehe ich noch ein bisschen fern. Ich kann den Ton ganz leise drehen. Lass mich nur eben schnell Zähne putzen, dann versuche ich mal zu schlafen."

„Okay."

Alex wand sich aus dem Schlafsack. Cam versuchte, ihm nicht auf den Hintern zu starren, der in grauen Boxershorts steckte. Als Alex sich reckte und streckte, rutschte das geborgte T-Shirt hoch und enthüllte schmale Hüften und eine Linie dunkler Haare auf Alex' Bauch. Cam gestattete sich einen kurzen Blick auf die Beule in Alex' Unterhose, riss seine Augen aber rasch wieder weg.

Er folgte Alex aus dem Wohnzimmer und ging in sein Zimmer, während Alex das Bad benutzte. Cam zog sich bis auf seine Boxershorts aus und wollte gerade zum Schlafen in ein anderes T-Shirt schlüpfen, als es zaghaft an die angelehnte Zimmertür klopfte. „Ja?", sagte er leise.

Alex drückte die Tür auf. Sein Blick flackerte über Cams Oberkörper und noch ein wenig tiefer, bevor er es zu Cams Gesicht schaffte. Er errötete und sagte: „Ich bin im Bad fertig."

„Cool, danke."

Alex zögerte in der offenen Tür und hielt Cams Blick. Cam kam sich ein wenig entblößt vor. Hastig zog er sich das T-Shirt über den Kopf, was ihre Verbindung unterbrach. Als sein Kopf aus dem Kragen auftauchte, war Alex näher gekommen. „Ich möchte mich bei dir bedanken. Für alles. Dafür, dass du mein Freund bist, dass du mich hier schlafen lässt, dass du heute so schnell gekommen bist, um mir zu helfen."

Cams Herz schlug schneller, und er lächelte. „Nicht der Rede wert. Ich freue mich, dass ich helfen kann."

Es entstand eine kurze Pause, dann fragte Alex zögernd: „Kann ich dich in den Arm nehmen?"

„Immer." Cam öffnete seine Arme und kam Alex entgegen.

Sie schlossen einander in die Arme. Cam war überrascht von Alex' Kraft. Mit ihren aneinandergepressten Körpern konnte Cam die weiche Ausbeulung von Alex' Penis spüren, die sich unter seinen drückte. Er beschwor seinen Körper, nicht zu reagieren.

Alex löste sich als Erster aus der Umarmung, und Cam ließ ihn los – halb erleichtert, aber er vermisste den Körperkontakt sofort. „Gute Nacht, Cam", sagte Alex.

„Nacht. Träum was Schönes."

„Du auch." Alex grinste, dann drehte er sich um und überließ Cam seiner Frustration.

Alex war offenbar über ihn hinweg, wie sein heutiges Abenteuer mit diesem Ben zeigte. Warum also bekam Cam Alex immer noch nicht aus dem Kopf? Er kam sich vor wie ein liebeskranker Teenager. Dabei war er selbst derjenige gewesen, der darauf bestanden hatte, dass sie nur platonische Freunde sein konnten. Nun, da Alex mit ihm unter einem Dach schlief, musste er seine Gefühle dringend unter Kontrolle bringen, sonst könnte es peinlich werden.

ZEHN

Alex verließ das Haus um kurz vor neun am nächsten Morgen. Cam und Wicksy waren beide schon um sieben auf und bemühten sich, leise zu sein, aber die Wände hier waren ziemlich dünn. Es machte Alex allerdings nichts aus, früh aufzustehen – das Sofa war nicht gerade die bequemste Schlafstätte.

Auf seinem Weg den Hügel hinunter in die Stadt schämte Alex sich ein wenig wegen der blauen Flecken in seinem Gesicht. Einige Leute starrten ihn eindeutig an. Dennoch ging er mit erhobenem Kinn und weigerte sich, das Opfer zu spielen. Es gab nichts, dessen er sich schämen musste. Es war nicht seine Schuld, dass sein Vater ein schwulenfeindlicher Wichser war.

„Guten Morgen, Alex." Seb umarmte ihn zur Begrüßung, und Dylan winkte ihm von hinter der Bar fröhlich zu.

Rainbow Place zu betreten, war, als würde man sich in eine kuschelig-warme Decke wickeln. Das Café war Alex inzwischen sehr vertraut – es war einfach der Ort, an dem er immer er selbst sein konnte, selbst als außer seinen besten Freunden noch niemand gewusst hatte, dass er schwul war. Es hatte ihm Hoffnung für die Zukunft gegeben, als er zum ersten Mal hier gewesen war und andere LGBT-Leute und deren Verbündete getroffen hatte.

Dieselbe Kraft verspürte er auch an diesem Morgen. Obwohl nach dem Desaster mit seinen Eltern sein Leben, nüchtern betrachtet, ziemlich den Bach heruntergegangen war, hatte Alex Hoffnung, dass sich alles zu Besseren wenden würde. Zumindest hielt ihn jetzt nichts mehr davon ab, *out & proud* zu sein. Das Geheimnis, dass er so ängstlich und so lange gehütet hatte, war gelüftet worden – nicht auf die Art und Weise, wie Alex es sich gewünscht hätte, aber es war dennoch eine Erleichterung, sich nicht mehr verstellen zu müssen. Es war einfach eine Sache weniger, um die er sich fortan Sorgen machen musste, auch wenn die Reaktion seines Vaters ihn vor einige neue Herausforderungen stellte: einen neuen Job zu finden und einen Platz, wo er wohnen konnte, bis er so weit war, sich erneut um einen Studienplatz zu bewerben.

„Kann ich dir einen Kaffee oder Tee anbieten?", fragte Seb. „Dann können wir uns setzen und über deinen Job hier reden."

„Ich hätte gern einen Kaffee, bitte. Einen Zimt-Latte."

„Eigentlich ... wieso kommst du nicht hinter die Bar und hilfst mir, ihn zu machen? Du musst sowieso lernen, die Kaffeemaschine zu bedienen."

Nachdem Alex seine beiden ersten Kaffees zubereitet hatte, setzten sie sich an einen ruhigen Ecktisch, und Seb öffnete seinen Laptop und rief die Dienstpläne auf. „Also, wärst du bereit, neben dem Bedienen auch in der Küche zu arbeiten?“

„Ich mache alles, wofür du mich brauchst“, sagte Alex. „Im Ernst. Ich bin dir so dankbar für das Jobangebot. Ich bin für alles offen.“

„Okay.“ Seb scrollte, eine tiefe Falte zwischen den Brauen, während er sich konzentrierte. Dann nahm er einen Stift und machte sich Notizen auf einem Block. „Nun, ich bin nicht sicher, ob das reicht, aber ich kann dir vier Schichten pro Woche anbieten, zwei in der Küche und zwei im Service. Leider keine festen Zeiten, weil wir die Schichten nach Bedarf einteilen, aber sehr wahrscheinlich werden einige Wochenenden dabei sein – da ist immer am meisten los. Wäre das für dich okay? Das sind achtund-zwanzig Stunden, und der Lohn liegt bei sieben Mäuse die Stunde.“

„Ja, das ist vollkommen in Ordnung“, antwortete Alex. Er überschlug alles rasch im Kopf und bekam heraus, dass er etwas weniger als zweihundert Pfund in der Woche verdienen würde. Das war etwas weniger, als sein Vater ihm gezahlt hätte, aber für den Moment musste das genü-gen. Er hatte seinen Eltern wöchentlich vierzig Pfund für Kost und Logis gezahlt, und diese Summe konnte er nun auch Cam und Wicksy anbieten, falls er länger bei ihnen wohnen sollte. Um selbst etwas zu mieten, würde er mehr Stunden brauchen oder einen zweiten Job annehmen müssen. Aber das hatte keine Eile. „Vielen Dank, Seb. Du rettest mir echt das Leben.“

Seb grinste. „Keine Ursache. Eigentlich tust du mir einen Gefallen. Ich brauchte ohnehin jemanden, und jetzt muss ich keine Anzeige schalten und keine Vorstellungsgespräche führen. Ich kenne dich, ich mag dich, und ich freue mich, dich im Team zu haben." Er schloss seinen Laptop, nahm einen Schluck Kaffee und sagte: „Hat Cam dir gesagt, dass ich dir auch ein Zimmer anbieten kann, wenn du eins brauchst? Du musst mir keine Miete zahlen. Ich benutze das Zimmer nicht, und es wäre blöd, es leerstehen zu lassen, wenn du einen Platz zum Schlafen brauchst. Du kannst es haben, bis du auf die Füße kommst. Im Augenblick wohne ich allein im Haus, allerdings wird Jason am Jahresende wahrscheinlich bei mir einziehen. Aber bis dahin krebse ich ganz allein herum, wenn er nicht da ist, und hätte nichts gegen ein wenig Gesellschaft."

„Das ist unheimlich nett von dir." Alex' Augen brannten; er war gerührt und musste sich zusammenreißen, um nicht zu weinen. Er wusste, es wäre am sinnvollsten, das Angebot anzunehmen. Es war blöd, auf Cams Couch zu schlafen, wenn Seb ihm ein ganzes Zimmer anbot. Aber etwas hielt ihn davon ab, ja zu sagen. „Kann ich darüber nachdenken? Im Augenblick schlafe ich bei Cam und Wicksy, also stehe ich nicht auf der Straße."

„Natürlich." Seb musterte Alex freundlich. „Ich weiß, du und Cam steht euch nahe. Und ich verstehe, warum du bei ihm sein möchtest, besonders nach den gestrigen Ereignissen."

Alex bekam heiße Wangen. Er senkte den Blick und ließ den Kaffee in seiner Tasse kreisen. „Ja, er ist ein guter Freund."

„Ich hatte mich gefragt, ob er vielleicht mehr ist als nur ein Freund", sagte Seb sanft. „Ich weiß, es geht mich nichts an, aber es scheint etwas zwischen euch zu laufen, oder?"

„Nein." Alex schüttelte den Kopf. Er ignorierte den

vertrauten Stich der Enttäuschung und fügte hinzu: „Nein, wir sind nur befreundet.“

Seb runzelte die Stirn. „Oh. Okay, tut mir leid, falls ich zu viel gesagt habe.“

„Ist schon gut.“ Alex brachte ein Lächeln zustande. „Und danke für dein Angebot. Vielleicht komme ich darauf zurück. Also, wann soll ich anfangen zu arbeiten?“

„Hast du den Rest des Tages schon etwas vor?“, fragte Seb. „Wenn nicht, dann bleib einfach hier, und wir lernen dich an. Ich bezahle die Stunden natürlich. Heute ist es recht ruhig, also ist es ein guter Tag zum Einarbeiten.“

„Ja, ich habe nichts sonst auf dem Zettel.“ Cam war auf der Arbeit und Hayden in der Schule, also hatte Alex nichts weiter zu tun, und er wollte so schnell wie möglich anfangen. Als er an Hayden dachte, fiel ihm ein, dass er ihm wohl eine Nachricht schreiben sollte, um ihm zu erzählen, was passiert war. Das würde er später tun.

„Perfekt. In diesem Fall lass mich dir noch einmal die Kaffeemaschine erklären, dann zeige ich dir die Abläufe in der Küche. Und nachher, gegen Mittag hat Luca in der Küche sicher etwas für dich zu tun.“

NACHDEM SICH DER mittägliche Ansturm gelegt hatte, schwamm Alex der Kopf von all den neuen Informationen, aber langsam kam er mit der Maschine und den verschiedenen Kaffeespezialitäten zurecht. Dennoch war es eine Erleichterung, in der Küche eingesetzt werden, nachdem er eine Stunde lang eine Kaffeebestellung nach der anderen entgegengenommen hatte. Gemüse für die Abendmahlzeiten zu schälen und zu schnippeln, war eine eher geistlose Tätigkeit, die Alex im Augenblick jedoch genoss. Luca erinnerte ihn an einen Fernsehkoch. Er besaß das Aussehen, das Charisma und die durchsetzungsfähige Persönlichkeit, aber zum Glück war er bedeutend freundlicher als Gordon Ramsay. Wenn er fluchte und schimpfte – was auf Italienisch sowieso irgendwie romantisch klang – dann nur über sich selbst oder das, was er gerade kochte. Niemals schimpfte er mit Alex oder Tom oder den anderen Küchenhilfen.

„Willst du jetzt Pause machen?", fragte Tom Alex. „Oder soll ich zuerst?"

„Oh. Geh nur, das ist okay." Alex zuckte mit den Schultern, ohne beim Karottenschälen innezuhalten. Er hatte den Kopf so voll mit all den Dingen, die er lernen musste, ihm war nicht einmal aufgefallen, dass noch gar keine Mittagspause gehabt hatte. Aber da es in der Mittagszeit so hoch her ging, machte es natürlich Sinn, dass sie davor oder danach Pause machten.

„Tja, ich bin am Verhungern. Wenn's dir also nichts ausmacht, dann gehe ich jetzt kurz raus."

„Klar, kein Problem." Alex hatte schon Hunger, wenn er jetzt so darüber nachdachte, aber es machte ihm nichts aus zu warten.

„Okay, danke." Tom nahm seine Schürze und die Kappe ab, die sein Haar bedeckte, während er in der Küche arbeitete, dann fuhr er sich mit beiden Händen durch die plattgedrückten Strähnen, um sie aufzulockern. „Besser?" Er hob fragend die Brauen.

„Ja, sieht gut aus." Toms Haar war kurz und stachelig und richtete sich problemlos wieder auf.

„Cool. Dann bis gleich." Er grinste Alex fröhlich an und winkte im Hinausgehen.

Alex arbeitete sich weiter durch seinen Gemüseberg, als plötzlich sein Handy klingelte. Er holte es heraus und stellte fest, dass es ein Anruf von seinem Vater war. Mit einem flauen Gefühl im Magen starrte er das Display an und fragte sich, was er tun sollte.

„Du kannst ruhig rangehen, wenn du willst", sagte Luca, der in einem riesigen Suppentopf rührte. „Das Gemüse läuft dir nicht weg."

„Danke. Aber es ist mein Vater, und ich bin nicht gerade scharf darauf, mit ihm zu reden, um ehrlich zu sein." Alex versuchte, es wie einen Witz rüberzubringen, aber seine Stimme gepresst.

Lucas Miene wurde weicher, und sein Blick wanderte kurz zu Alex' blauen Flecken. „Kann ich mir vorstellen."

Das Handy verstummte, und Alex steckte es wieder in seine Hosentasche. „Ich rufe ihn zurück, wenn ich meine Pause mache." Das Letzte, was Alex wollte, war mit seinem Vater zu sprechen, aber irgendwann würde er sich ihm stellen müssen. Also war es vielleicht das Beste, es schnell hinter sich zu bringen. Auf jeden Fall wollte er heute Abend zusammen mit Cam und Wicksy seine Sachen holen, und es war ihm lieber zu wissen, was ihn zuhause erwartete, falls seine Eltern daheim waren.

ALS ALEX AN DER REIHE WAR, seine Pause zu nehmen, ging er raus, um sich ein Sandwich und eine Cola zu besorgen. Er beschloss, das Gespräch hinter sich zu bringen, bevor er aß, setzte sich auf eine der Bänke am

Hafen, rief die Handynummer seines Vaters auf und drückte auf Anrufen. Während es klingelte, atmete Alex tief durch und versuchte, möglichst ruhig und stark zu sein.

„Alex", meldete sich sein Vater in einem scharfen Tonfall. „Wo bist du? Deine Mutter macht sich Sorgen."

„Hast du ihr gesagt, warum ich nicht nach Hause gekommen bin?"

Es entstand eine Pause, und Alex konnte den leicht rasselnden Atem seines Vaters hören. „Ich habe ihr erklärt, dass wir eine Meinungsverschiedenheit hatten."

Alex schnaubte. „So nennst du das also? Ich würde es eher als tätlichen Angriff bezeichnen." Seine Stimme kam hart und bestimmt heraus, und Alex war stolz darauf, dass es ihm gelang, so selbstsicher zu klingen, obwohl seine Hände zitterten und sein Herz so heftig pochte, dass ihm schwindelig war. „Und ich denke, die Polizei wäre da mit mir einer Meinung."

„Ach, komm!", sagte sein Vater in diesem übermäßig freundlichen Ton, den er stets benutzte, wenn er mit seinen politischen Verbündeten redete, und den Alex schon so oft gehört hatte. Aber dieses Mal schwang ein nervöser Unterton mit, der Alex verriet, dass sein Vater in seiner Überheblichkeit angeschlagen war. „Vielleicht habe ich ein wenig überreagiert, und dafür entschuldige ich mich. Aber ich bin sicher, wir können die Angelegenheit beilegen, ohne die Polizei zu bemühen."

Alex beschloss, das Thema zu wechseln, solange er noch die Oberhand hatte, und sagte: „Ich komme heute Abend nach Hause und–"

„Gute Idee. Komm nach Hause, und dann können wir vernünftig über alles reden."

„Nein. Ich will nicht mit dir reden. Ich komme nur, um meine Sachen zu holen. Ich habe nicht die Absicht, je wieder eine Nacht unter deinem Dach zu verbringen."

Eine weitere Pause entstand, und dieses Mal atmete sein Vater schneller.

„Aber wohin willst du denn gehen? Und was ist mit deinem Job? Du bist heute nicht zur Arbeit gekommen. Kommst du zurück?" Sein Vater feuerte ohne Punkt und Komma Fragen ab.

„Es geht dich nichts an, wohin ich gehe, und den Job kannst du dir sonst wohin schieben. Ich habe einen besseren gefunden."

„Was? Wo?"

„Nochmals, das geht dich nichts an. Ich werde heute Abend mit ein paar Freunden vorbeikommen und mein Zeug zusammenpacken. Ich muss jetzt auflegen. Tschüss."

„Aber Alex–"

Mit einem grimmigen, zufriedenen Lächeln im Gesicht beendete Alex den Anruf.

VOR DER TÜR seines Elternhauses blieb Alex stehen und flüsterte Cam zu: „Soll ich klingeln? Oder soll ich meinen Schlüssel benutzen?"

Cam zuckte die Achseln. „Was immer sich für dich richtiger anfühlt."

Cam und Wicksy flankierten Alex wie Bodyguards, und Alex fand, es würde mehr Eindruck schinden, wenn er die Türklingel benutzte und dann wartete, dass jemand aufmachte. Das Haus kam ihm nicht mehr vor wie ein

Zuhause, und er konnte sich auch nicht vorstellen, dass sich das je wieder ändern würde.

Er drückte auf den Klingelknopf, und dann warteten sie.

Als Alex hörte, wie sich innen jemand der Tür näherte, wappnete er sich, straffte die Schultern und hob das Kinn.

„Oh, Alex." Es war seine Mutter, die aufmachte, und sie sah zugleich überrascht und erleichtert aus. „Hast du deinen Schlüssel vergessen?" Sie warf Cam und Wicksy einen Blick zu und lächelte beide nervös an.

„Nein."

Sie runzelte die Stirn, dann musterte sie ein blaues Auge. „Was ist dir passiert?" Ihr Blick landete auf dem Schnitt an seiner Wange.

„Ich glaube, Papa sagte dir, dass wir eine Meinungsverschiedenheit hatten? Tja, das war wohl eine kleine Untertreibung."

Ihre Kinnlade klappte herunter, und sie erbleichte. „Das hat er getan?", flüsterte sie.

Alex nickte.

Sie starrte ihn fassungslos an. „Warum?"

Alex sah ihr fest in die Augen und sagte: „Weil er herausgefunden hat, dass ich schwul bin."

Seine Mutter keuchte und schlug sich die Hand vor den Mund. Alex fragte sich, worüber sie mehr geschockt war ... über das Geständnis seiner sexuellen Ausrichtung oder über das, was sein Vater ihm angetan hatte.

„Ich bin sicher, er hat das nicht gewollt ... er war bestimmt schockiert. So etwas muss man ja auch erst einmal verarbeiten ..." Sie verstummte, als wäre ihr aufgefallen, wie erbärmlich ihre halbgaren Rechtfertigungen sich anhörten.

„Das war kein Unfall, Mama", sagte Alex kühl. „Es war Absicht. Er hat mich beschimpft, und dann hat er mich ins Gesicht geschlagen und zu Boden geworfen, ohne Grund."

„Ich weiß, er ist leicht reizbar, aber ich glaube nicht–"

„Ich habe kein Interesse daran, mir deine Rechtfertigungen seines Verhaltens anzuhören. Wir sind nur hier, um meine Sachen abzuholen. Dürfen wir reinkommen?"

„Natürlich, Alex. Hier ist dein Zuhause." Sie trat zur Seite, um sie hereinzulassen.

„Jetzt nicht mehr. Sobald ich mein Zeug habe, bin ich auf Nimmerwiedersehen weg."

Die Tür zum Arbeitszimmer seines Vaters öffnete sich. „Was ist hier los, Sylvia?" Alex' Vater kam in den Flur gestürmt, blieb aber wie angewurzelt stehen, als er Alex und seine Freunde erblickte. „Oh. Du bist es." In einer erneuten und unmissverständlichen Demonstration ihrer Loyalität eilte Alex' Mutter an die Seite ihres Mannes.

„Ja. Ich war gerade dabei, Mama unsere *Meinungsverschiedenheit* etwas detaillierter zu erklären. Aber wie immer versucht sie, dein Verhalten zu entschuldigen. Ich werde also einfach mein Zeug zusammenpacken, und dann behellige ich euch nicht länger." Adrenalin flutete Alex' Adern, und er spie die Worte geradezu aus.

„Sind das die Freunde, bei denen du jetzt schläfst?", fragte sein Vater, dessen Blick zwischen Cam und Wicksy hin und her wanderte.

„Das sind wir", sagte Cam. Seine Stimme war rauer und tiefer als gewöhnlich, als er vortrat und die Arme vor der Brust verschränkte, sodass seine kräftigen Bizeps deutlich hervortraten. „Ich schlage vor, Sie bleiben uns aus dem Weg, Mr. Elliot. Alex will keinen weiteren Ärger. Was, ehrlich gesagt, schade ist. Ich für meinen Teil würde Ihnen gern eine Kostprobe Ihrer Art von *Meinungsverschiedenheit* geben.“

„Geht mir genauso“, stimmte Wicksy zu. „Aber wenigstens kann ich Ihnen jetzt mal sagen, was für ein erbärmlicher Mensch Sie sind, Sie widerlicher, homophober Wichser.“

Alex verbiss sich ein Grinsen, als das Gesicht seines Vaters sich vor Wut beinahe violett färbte.

„Wie könnt ihr es wagen, hierher zu kommen und mich in meinem eigenen Haus zu bedrohen? Ich sollte die Polizei rufen!“, dröhnte sein Vater voller Zorn.

„Martin!“, mahnte ihn Alex' Mutter und ergriff Mr. Elliots Arm.

„Gute Idee.“ Cams Stimme war so geschmeidig wie Honig. „Machen Sie nur. Rufen Sie die Polizei, und wenn sie kommt, kann Alex erklären, was Sie mit seinem Gesicht gemacht haben.“

Alex' Vater wusste, wann er geschlagen war. Er gab auf, wenn auch immer noch sichtlich außer sich vor Wut, die er nun jedoch nicht ungestraft herauslassen konnte. „Beeilt euch einfach mit dem, was immer ihr hier tun müsst, und dann verschwindet aus meinem Haus“, grollte er.

„Herzlich gern. Kommt, Leute.“ Alex ging voraus die Treppe hinauf, gefolgt von Cam und Wicksy.

. . .

EINE HALBE STUNDE später hatte Alex, was er benötigte, in einen Koffer, zwei kleinere Taschen und eine Einkaufstüte gepackt.

„Bist du sicher, dass du sonst nichts mitnehmen willst?", fragte Cam und sah sich in Alex' Zimmer um. Es waren noch jede Menge Sachen übrig: Bücher, die Alex nicht mehr brauchte, sein alter Computer, den er nur für Spiele benutzt hatte. Aussortierte Kleidung quoll aus den Schubladen, wo er in Eile herausgesucht hatte, was er mitnehmen wollte. Außerdem ließ Alex die meisten Erinnerungsstücke seiner Kindheit zurück: komplizierte Lego-Bauten auf dem Regal, einen T-Rex aus Pappmaché, der noch aus dem Kunstunterricht in der Grundschule stammte, und Star Wars-Figuren, die er früher gesammelt hatte.

„Ich habe meinen Laptop, das Ladegerät für mein Handy, die Bücher und Papiere, die ich zum Lernen brauche, und alle Sachen, die ich gern anziehe. Der Rest kann hierbleiben." Ein paar von den älteren Dingen hätte Alex gern aus sentimentalen Gründen behalten, aber bei Cam und Wicksy war einfach kein Platz dafür. Er konnte ihr Wohnzimmer nicht mit so viel Kram vollstopfen.

„Was ist mit dem hier?", fragte Wicksy und nahm einen alten Teddy in die Hand – Alex hatte ihn Bentley getauft, als er sechs war – der auf dem Sessel in der Ecke saß.

Alex wurde rot. „Ich glaube, aus dem Alter für Teddys bin ich raus."

Bentleys Glasaugen schienen ihn wegen dieses Verrats vorwurfsvoll anzustarren.

„Nö. Der ist süß. Du kannst ihn nicht zurücklassen." Wicksy stopfte sich Bentley unter den Arm. „Und Cam hat keine Teddys. Aber Buddy, mein alter Teddybär von früher, braucht einen Kumpel. Wir können sie miteinander bekannt machen, wenn wir zurück in unserer Wohnung sind."

„Ernsthaft?" Alex war sich nicht sicher, ob Wicksy ihn gerade verarschte.

„Er machte keine Witze", sagte Cam lachend und schüttelte den Kopf. „Du bist echt durchgeknallt, Wicksy. Als Nächstes veranstaltest du noch Teddybär-Picknicks oder sowas. Na gut. Kommt, lass uns hier abhauen. Ich weiß ja nicht, wie es euch geht, aber ich könnte ein Bier gebrauchen, wenn wir zuhause sind."

Zuhause. Alex wurde ganz warm ums Herz, weil die beiden ihn so einfach bei sich aufnahmen und akzeptierten, als wäre es das Natürlichste der Welt. „Ja, Bier hört sich gut an", sagte er. „Und das geht auf mich. Können wir auf dem Rückweg beim Spirituosenladen anhalten?"

„Kein Ding." Wicksy nahm Alex' Koffer.

„Bist du sicher, dass du alles hast?", fragte Cam, der einen kleinen Rucksack geschultert hatte und die Einkaufstüte trug.

Alex sah sich noch ein letztes Mal in dem Zimmer um, in dem er geschlafen hatte, so lange er sich zurückerinnern konnte. Was sich einst wie ein sicherer Hafen angefühlt hatte, empfand er nun wie ein Gefängnis, aus dem er entkommen war.

„Ja, ich habe alles. Gehen wir."

Wicksy machte ordentlich Lärm und polterte absichtlich laut mit Alex' großem Koffer die polierte Holztreppe hinunter, aber keiner von Alex' Eltern ließ sich blicken, um sich zu beschweren – oder um Auf Wiedersehen zu sagen – als sie durch den Flur gingen. Sie öffneten die Vordertür, und Wicksy hievte den schweren Koffer über die Schwelle, dann rollte er ihn zum Wagen.

Vor der offenen Tür blieb Alex stehen und schaute noch einmal zurück. Die Tür zum Wohnzimmer stand einen Spalt offen, und er konnte den gedämpften Klang des Fernsehers hören. Alex umklammerte den Schlüssel so fest, dass er sich schmerzhaft in seine Handfläche bohrte, dann öffnete er die Hand.

„Den brauche ich nicht mehr", sagte er zu Cam.

Cam antwortete nicht, aber sein Blick war sanft, als er Alex ansah und geduldig wartete.

Alex warf den Schlüssel mit so viel Schwung, dass mit einem lauten, metallischen Knall auf dem gefliesten Boden des Flurs landete. Dann schlug er die Haustür zu. Damit war er nun ausgesperrt, und er empfand nichts als Erleichterung.

„Bist du jetzt bereit zu gehen?", fragte Cam.

Die Gefühle schnürten Alex die Kehle zu, und er war unfähig zu sprechen. Also nickte er einfach.

Cam legte einen Arm um Alex' Schultern und führte ihn zum Auto.

Alex blickte sich nicht um, als sie davonfuhren.

ELF

Cam war froh darüber, dass es Freitagabend war – er brauchte dringend ein Bier, oder auch zwei oder drei, um sich nach der Begegnung mit Martin Elliot wieder zu beruhigen. Wicksy und Alex schien es ebenso zu ergehen, denn sie fingen an zu trinken, sobald sie zuhause waren, und die Biere schwanden schnell dahin. Wicksy schaltete den Fernseher ein und fand eine Mixed Martial Arts-Übertragung auf einem Sportkanal. „Ist es schlimm, dass ich wünschte, ich hätte sowas mit deinem alten Herrn machen können?", fragte er Alex, als einer der Kämpfer auf dem Bildschirm seinen Gegner mitten ins Gesicht boxte.

Alex zuckte die Achseln. „Nicht wirklich. Er hätte es verdient."

Dem konnte Cam nur zustimmen, aber er wusste nicht, ob es richtig war, andauernd schlecht über Alex' Vater zu reden, ganz gleich, was für ein Mistkerl der auch war. „Können wir irgendetwas anderes gucken?" Es reichte ihm schon, mit seiner eigenen, noch immer brodelnden Wut fertig werden zu müssen. Zuzuschauen, wie sich irgendwelche Kerle gegenseitig die Seele aus dem Leib prügelten, half ihm nicht gerade, sich zu beruhigen.

„Ja, klar." Wicksy warf die Fernbedienung, und Cam fing sie geschickt auf.

„Worauf hast du Lust?", fragte er Alex.

„Ist mir ziemlich egal. Ich bin schon ein bisschen angetrunken; ich schaue sowieso kaum hin."

„Soll ich stattdessen ein bisschen Musik anmachen?"

„Ja, warum nicht?", antwortete Alex.

„Kann ich dann weiter MMA gucken, wenn ich den Ton abschalte?", fragte Wicksy.

„Sicher." Cam konnte den Fernseher ignorieren. Er warf die Fernbedienung zurück zu Wicksy, dann steckte er sein Smartphone in die Lautsprecherstation und rief eine halbwegs peppige Spotify-Playlist.

„Ich sollte wohl jetzt meine Sache auspacken, bevor ich zu betrunken dazu bin." Alex' Koffer und Taschen standen in der Mitte des Zimmers auf dem Boden. „Wo kann ich mein Zeug am besten verstauen? Ich könnte sie natürlich auch einfach im Koffer lassen, schätze ich." Alex sah sich um.

Es war ein kleines Wohnzimmer. Das Sofa, der Sessel, der Couchtisch und der Fernseher nahmen beinahe den gesamten Raum ein. Vielleicht konnten sie das Sofa etwas von der Wand abrücken, dann könnte Alex seinen Koffer dahinter verstauen. Aber es würde nervig sein, ihn jedes Mal herauszuziehen und wieder zurück zu bugsieren, wenn er etwas aus dem Koffer nehmen wollte.

„Du kannst etwas davon in meinem Zimmer verstauen, wenn du willst", bot Cam an. „Ich kann eine Schublade freiräumen, und in meinem Kleiderschrank habe ich ein paar Aufbewahrungs-Boxen aus Plastik, die ich für dich ausleeren kann. Willst du mitkommen und es dir ansehen?"

„Ja. Dann hättet ihr auch nicht so viel von meinem Zeug hier herumliegen. Wenn du sicher bist, dass es dir nichts ausmacht?"

„Nein, ist alles gut. Dann komm." Als Cam Alex zu seinem Zimmer führte, fiel ihm auf, dass Alex vor gestern Abend noch nie in seinem Zimmer gewesen war, und dann auch nur ganz kurz. Obwohl sie unheimlich viel Zeit miteinander verbrachten, hingen sie immer nur im Wohnzimmer zusammen ab. Cam hatte das nicht bewusst so entschieden, es hatte sich einfach nie anders ergeben. Aber als er jetzt für Alex die Zimmertür aufhielt, spürte er, wie sich die Atmosphäre zwischen ihnen veränderte. Seine Haut kribbelte ein wenig, und die Erinnerung an die Küsse, die sie im Sommer geteilt hatten, drängte sich unaufgefordert in den Vordergrund.

Alex betrat das Zimmer und blieb zögernd direkt im Eingang stehen. Er starrte Cams Bett an, das den meisten Platz einnahm. Es war so breit wie ein Doppelbett, was irgendwie albern war für einen so kleinen Raum, aber Cam war ein großer Kerl, und er hatte gern genug Platz, um sich richtig auszustrecken. Selbst bei den wenigen Gelegenheiten, da er das Bett mit jemandem teilte, blieb immer noch genug Platz für ihn, sich gemütlich auszubreiten. Außer dem Bett gab es nur noch einen kleinen Kleiderschrank, eine Kommode und ein Nachtschränkchen.

„Und du bist sicher, du hast hier noch Platz für mein Zeug?"

Sie standen so nahe beieinander, Cam hätte nur die

Hand ausstrecken müssen, um Alex zu berühren. Er ballte die Hände zu Fäusten, und seine Fingernägel gruben sich in seine Handflächen. „Ich kann leicht Platz machen. Sieh her." Cam schob sich an Alex vorbei und öffnete seinen Kleiderschrank, um ihm die Boxen zu zeigen, die unter den hängenden Kleidungsstücken auf dem Schrankboden standen. „Die meisten Sachen in den Kisten können in die Altkleidersammlung; ich habe nur lange nicht mehr ausgemistet. Warum holen wir nicht einfach deine Sachen von unten, und dann sehen wir, was wohin passt?"

„Okay, danke." Alex lächelte.

Cam half Alex, den Koffer und die übrigen Taschen hochzutragen. Sie nahmen noch Bier aus der Küche mit nach oben, und auch Cams Smartphone, damit sie oben Musik hören konnten und Wicksy den Ton am Fernseher wieder anschalten konnte.

Alex legte seinen Koffer auf dem Bett ab, öffnete ihn und sortierte seine Sachen in verschiedene Stapel, während Cam sich daran machte, Platz dafür zu schaffen.

Cam brauchte nicht lange, um die Sachen einzutüten, die er ohnehin loswerden wollte – Kleidung, die ihm nicht mehr passte, weil seine Schultern durch das Rugby-Training noch breiter geworden waren, und ein paar DVDs und Bücher, die ebenfalls gespendet werden konnten. Dann waren eine Schublade der Kommode sowie eine der großen Boxen frei für Alex.

„Bitte sehr." Er machte eine schwungvolle Geste zu der offenen Schublade und der leeren Box. „Willkommen in deinem neuen Zuhause."

„Danke." Alex, der auf der Bettkante saß, grinste und hob seine Bierflasche. „Auf einen neuen Anfang."

Cam nahm sein Bier und ging zu ihm, um anzustoßen. „Ja, trinken wir darauf." Er lächelte zu Alex hinab, und ihre Blicke trafen und hielten sich fest.

Alex sah als Erster wieder weg. „Okay, dann werde ich mal den Rest auspacken." Er stand auf, und Cam trat zurück, um ihm Platz zu machen.

Während Alex seine Sache einsortierte, lümmelte Cam auf dem Bett, alle viere von sich gestreckt, und trank sein Bier. Es verschaffte ein ihm ein seltsames Gefühl von Befriedigung, dabei zuzusehen, wie Alex seine Kleidung in Cams Schublade und Kleiderschrank räumte – eine Art Besitzerstolz, warm und angenehm, und Cam wollte das Gefühl gar nicht erst hinterfragen. Stattdessen leerte er seine Bierflasche, die dritte des Abends. Er sprang auf. „Willst du auch noch ein Bier?"

Alex nahm seine eigene Flasche in die Hand und stellte fest, dass sie halb leer war. „Scheiß drauf. Ja. Ich nehme noch eins." Er nahm ein paar Schlucke. „Wahrscheinlich werde ich mich morgen beschissen fühlen. Ich sollte vielleicht bald mal etwas essen."

Das erinnerte Cam daran, dass er selbst auch seit Stunden nichts gegessen hatte, und sein Magen knurrte bei der Erkenntnis. „Ja, ich auch. Noch ein Bier, dann kümmern wir uns ums Abendessen."

„Ich bin hier fast fertig. Wir sehen uns gleich unten, okay?"

„Okay." Cam ließ Alex allein in seinem Zimmer zurück, und das Seltsame daran war, dass es sich kein bisschen seltsam anfühlte.

. . .

NACH DEM LETZTEN Bier hatte keiner von ihnen noch Lust zum Kochen. Zwar hatten sie genug Zutaten im Haus, aber nichts, was sich schnell in den Ofen schieben ließ.

„Lasst uns Pommes essen gehen", schlug Wicksy vor, dessen Blick am Fernseher hing. Er lag ausgestreckt auf dem Sofa, und Cam saß am anderen Ende neben Wicksys Füßen. Alex hatte den Sessel genommen. „Aber nicht, bevor dieser Kampf vorbei ist — der ist echt der Hammer!"

Zwei Männer rangen auf der Matte miteinander. Einer hatte den anderen im Würgegriff, und ihre Körper wanden sich, glänzend vor Schweiß, während der Unterlegene alles versuchte, um sich zu befreien. „Mann, das ist ganz schön homoerotisch", sagte Cam, der spürte, wie sich bei dem Anblick in seiner Hose etwas regte. „Das Programm könntest du ruhig öfter einschalten."

„Hey, verdirb es mir nicht, okay?", beschwerte sich Wicksy. „Das ist nicht schwul. Es ist brutal, gekonnt und einfach total der Hammer. Alex, hilf mir und sag auch mal was!"

„Ich weiß nicht." Alex schaute sich den Kampf nun genauer an. „Das mag ja alles zutreffen, aber ich muss Cam recht geben – es ist auch ziemlich scharf."

Das riss Cams Aufmerksamkeit weg vom Bildschirm, hin zu Alex – dessen Wangen rot glühten, und das vielleicht nicht nur vom Alkohol. „Gib mir Fünf!" Cam streckte seine Hand über den Abstand zwischen Sofa und Sessel, und Alex schlug grinsend seine Hand gegen Cams.

Sie schauten einander einen Moment lang in die Augen, und erneut dauerte dieser Moment etwas länger als gewöhnlich. Cams Herz tat einen seltsamen, kleinen

Hüpfer, und dieses Mal war er derjenige, der zuerst den Blick abwandte.

Der Kampf ging schnell zu Ende. Schon in der nächsten Runde ging einer der Kämpfer k.o. Der Kerl tat Cam ein bisschen leid, aber für seinen Magen waren das gute Neuigkeiten, denn inzwischen war er am Verhungern. „Na gut, dann lasst uns gehen und was essen." Er stand rasch auf und fühlte sich leicht wackelig auf den Beinen, nachdem er auf leeren Magen vier Biere getrunken hatte. „Ups. Ja, ich brauche auf jeden Fall etwas Nahrung, um den Alkohol aufzusaugen."

Sie gingen den Hügel hinab in die Stadt, um Fisch und Pommes zu besorgen. Als sie den Imbiss betraten, roch es herrlich.

„Ich kann nicht so lange warten, bis wir wieder zuhause sind, um zu essen. Wollen wir uns eine freie Bank suchen und hier essen?", fragte Cam, nachdem sie ihre Bestellung bekommen hatten.

„Ja, das hört sich gut an. Ich habe echten Heißhunger", antwortete Alex.

Wicksy, der in seinem dünnen Shirt zitterte, sagte: „Ich gehe wieder zurück. Ich will im Warmen essen."

„Du hättest dir eine Jacke anziehen sollen, du Trottel. Es ist immerhin Oktober", sagte Cam.

„Tut mir leid, Mami."

Cam boxte ihn gutmütig auf den Arm. „Dann bis gleich zuhause."

Wicksy machte sich eilig davon, während Cam und Alex zum Hafen gingen und sich auf eine der Bänke dort setzten. Sie wickelten ihr Essen aus und machten sich mit Fingern und Plastikgabeln darüber her. Als sie fertig waren, stand Alex auf, um ihren Abfall in einen der Müll-eimer zu werfen, dann kam er wieder zurück und setzte sich neben Cam. Sie saßen so dicht beieinander, dass ihre Schultern sich berührten. Ohne nachzudenken, legte Cam seinen Arm hinter Alex auf die Rückenlehne der Bank.

„Hier haben wir uns geküsst", sagte Alex leise.

Cam erstarrte, sein Herzschlag beschleunigte sich. Als sie diesen Platz zum Essen ausgewählt hatten, war ihm die Bedeutung des Ortes gar nicht aufgefallen. Aber sie hatten sich tatsächlich genau die Bank ausgesucht, wo sie am Eröffnungsabend von Rainbow Place gesessen hatten. Wo Alex ihn das erste Mal geküsst und Cam den Kuss erwidert hatte.

Cam starrte aufs Wasser hinaus und suchte nach den richtigen Worten, um die Situation zu entschärfen. Aber Alex war ihm so nah und Cams Verstand ein bisschen benebelt vom vielen Bier. Er konnte nicht klar denken. Alex wandte sich ihm zu, und Cam spürte warmen Atem auf seiner Wange und das Gewicht von Alex' Hand auf seinem Oberschenkel. „Ich muss immer noch daran denken, weißt du?", flüsterte Alex. „Ich habe immer noch Gefühle für dich. Das sollte ich dir wahrscheinlich gar nicht sagen, aber Scheiße – ich glaube, ich kann es sowieso nicht gut verbergen." Er schob seine Hand ein wenig höher, und Erregung durchfuhr Cam wie ein Stromstoß.

Cam hielt den Blick auf das dunkle Wasser im Hafen gerichtet, das in der leichten Brise kleine Wellen schlug. Sein Herz pochte heftig, während Verlangen und Vernunft in seinem Inneren miteinander rangen. „Ich ... ich weiß nicht, was ich sagen soll."

„Sag mir, du bist nicht interessiert, und ich erwähne es nie wieder."

„Darum geht es nicht", gab Cam zu. „Ich habe mich schon immer von dir angezogen gefühlt. Das hat sich auch nicht geändert. Aber ich glaube immer noch, dass es für uns besser ist, nur Freunde zu sein."

„Aber warum?", schnaufte Alex verärgert. „Ich bin jetzt out. Das Schlimmste, was passieren konnte, ist bereits passiert. Ich habe meine Abschlussprüfungen versaut, und mein Vater hat herausgefunden, dass ich schwul bin. Sämtliche Gründe, die dagegen sprachen, etwas mit mir anzufangen, sind bereits aus dem Weg geräumt." Alex rückte ein Stück ab und nahm seine Hand von Cams Bein.

Auch Cam rutsche etwas zur Seite und verschränkte seine Arme gegen die Kälte. „Aber du wohnst jetzt bei mir, und unsere Freundschaft ist mir zu wichtig, um sie zu gefährden. Für mich ist das auch nicht einfach, weißt du? Ich versuche hier, das Richtige zu tun."

Cam erinnerte sich daran, wie weh es getan hatte, Leanne zu verlieren. Von all seinen Freunden in der Schule war sie diejenige gewesen, zu der er stets gegangen war, wenn er über etwas reden musste. Die Nähe und Verbundenheit zwischen ihnen war etwas, das er erst wirklich zu schätzen gewusst hatte, als es nicht mehr da gewesen war. Jung und hormongesteuert hatte er nur allzu gern mit ihr experimentiert, aber war nicht auf etwas Ernsthaftes aus gewesen. Leanne hatte deutlich andere Erwartungen gehegt, aber als Cam das klar geworden war, war es zu spät gewesen, um ihre Freundschaft noch zu reparieren. Sie war so verletzt gewesen, dass sie sich vollkommen von ihm zurückgezogen und sich geweigert hatte, auch nur einen Versuch zu machen, ihre Freundschaft zu retten. Die Vorstellung, dass dasselbe mit Alex geschah, war zu entsetzlich, um auch nur darüber nachzudenken.

„Ach verdammt, Cam, wieso muss bei dir immer alles so ernsthaft sein? Ich will dich schließlich nicht heiraten oder irgendwas. Ich steh' auf dich. Du sagst, du stehst auf mich. Können wir nicht einfach ein bisschen Spaß zusammen haben und trotzdem Freunde sein? Keine Verpflichtungen oder Versprechungen – wir können trotzdem was mit anderen anfangen."

Auf einer gewissen Ebene war der Gedanke außerordentlich verlockend. Cam könnte aufhören, sich gegen seine Gefühle für Alex zu wehren und ihnen nachgeben. Alex schien genau zu wissen, was er wollte. Und es stimmte, dass das Schlimmste bereits passiert war, was konnte es also noch schaden? Dass er es damals mit Leanne versaut hatte, hieß nicht, dass es mit Alex denselben Verlauf nehmen musste. Solange sie sich über ihre Wünsche und Erwartungen einig waren, konnten Alex und er vielleicht wirklich Freunde bleiben, trotz allem.

Keine Verpflichtungen oder Versprechungen. Die Worte hallten in Cams Kopf wider, und etwas sträubte sich in ihm. Dieser Teil gefiel ihm auch nicht. Er erinnerte sich an die Eifersucht, die er empfunden hatte, als Alex ihm von diesem Ben erzählt hatte. Cam war nicht sicher, mit irgendeiner lockeren Sexbeziehung zu Alex umgehen zu können. Er empfand bereits zu viel; sie hatten eine starke emotionale Verbindung, und Fickfreunde zu sein, würde nicht reichen. Falls Cam Alex haben konnte, dann wollte er ihn *mit* Verpflichtungen und Versprechungen haben. Er wollte etwas Festes, Monogamie, etwas mit dem Potenzial für eine dauerhafte Beziehung.

Wow. Okay, das hatte Cam selbst nicht kommen sehen. Vielleicht war er ein Idiot, weil ihm das bisher nicht klar gewesen war, aber während er nun auf dieser Bank saß und aufs Wasser hinaus starrte, musste er sich eingestehen, dass sein Leben ganz allmählich wie von selbst angefangen hatte, sich mehr und mehr um Alex zu drehen. Und Cam hatte es nicht einmal bemerkt.

Aber Alex war jung und unerfahren. Sein Leben hatte gerade erst angefangen. Auf keinen Fall war er schon so weit, sich auf eine ernsthafte Beziehung einzulassen – nicht so, wie Cam es wollte. Er war gerade erst aus seinem Elternhaus ausgezogen, hatte sich gerade erst geoutet. Alex konnte nun eine ganz neue Welt entdecken, und Cam war lediglich ein winziger Teil davon.

„Ich denke nicht", antwortete Cam schließlich. „Ich will die Dinge nicht kompliziert machen. Tut mir leid, aber unsere Freundschaft bedeutet mir zu viel, um sie aufs Spiel zu setzen."

„Okay, wie auch immer." Alex stand auf. „Tut mir leid, dass ich davon angefangen habe. Ich hoffe, ich habe unser Verhältnis zueinander nicht irgendwie peinlich gemacht oder so. Schon wieder."

„Nein, alles gut." Es war *nicht* alles gut. Aber Cam würde versuchen zu vergessen, was Alex vorgeschlagen hatte. Er wollte nicht in Versuchung kommen nachzugeben. Er stand ebenfalls auf. „Lass uns nach Hause gehen."

Schweigend gingen sie zurück.

Als sie ankamen, hatte Wicksy den Fernseher wieder laufen, und so bestand zu Glück keine Notwendigkeit,

Konversation zu machen. Alex scrollte und tippte auf seinem Handy, und Cam schützte Müdigkeit vor und verkündete, er würde zu Bett gehen.

„Nacht, Leute", sagte er und stand auf.

„Nacht, Alter." Wicksy machte sich nicht die Mühe, den Blick vom Fernseher abzuwenden.

„Nacht." Alex blickte von seinem Handy auf. Seine Miene wirkte verkniffen und unbehaglich.

Cam versuchte, ihm ein beruhigendes Lächeln zu schenken, war aber nicht sicher, dass es ihm gelang. „Ich hoffe, du kannst gut schlafen, sobald Wicksy dich in Ruhe lässt."

„Oh, Scheiße, ja. Sorry, Alex. Wenn du schlafen willst, sag einfach Bescheid, okay?", sagte Wicksy. „Ich vergesse immer, dass ich praktisch auf deinem Bett sitze."

„Mach' ich", antwortete Alex. „Aber ich bin nicht in Eile."

„Okay, dann bis morgen." Cam verließ das Wohnzimmer und zog die Tür hinter sich zu, damit der Fernseher ihn nicht wachhalten konnte.

ZWÖLF

Es dauerte zwei Tage, bis Alex seine Unbefangenheit in Cams Gesellschaft zurückerlangte. Zum Glück arbeitete er an diesem Wochenende beide Tage im Rainbow Place, sodass sie nicht viel Zeit miteinander verbringen konnten. Er bereute das Gespräch mit Cam vom Freitagabend bitterlich. Er gab dem Alkohol die Schuld dafür und wünschte, er könnte die Zeit zurückdrehen. Nach ihrem allzu kurzen Techtelmechtel im Sommer – falls man zweimal Knutschen und einen einseitigen Handjob überhaupt so nennen konnte – war es ihnen gelungen, eine Freundschaft aufzubauen, die Alex unheimlich viel bedeutete. Es war dumm von ihm gewesen, das erneut aufs Spiel zu setzen. Und wenn Alex ehrlich zu sich war, wusste er nur zu gut, dass unverbindlicher Sex mit Cam ihm am Ende nur das Herz brechen würde. Seine Gefühle für Cam gingen weit über die sexuelle Anziehung hinaus, und Alex glaubte nicht, das auf Dauer trennen zu können.

Zum Glück war sowohl am Samstag als auch am Sonntag Wicksy daheim. Seine Anwesenheit fungierte als guter Puffer, und seine gute Laune und die gutmütigen Neckereien waren eine willkommene Linderung der Spannung zwischen Alex und Cam. Alex fragte sich, wie viel Wicksy wusste, und ob ihm etwas auffiel. Falls ja, dann spielte er sehr gut den Ahnungslosen, aber Alex hatte den Verdacht, dass Wicksy viel mehr mitbekam, als er zugab.

Seine Sachen in Cams Zimmer zu haben, war angesichts der angespannten Atmosphäre zwischen ihnen nicht gerade ideal. Am Sonntagabend ging Alex vor dem Schlafengehen unter die Dusche und vergaß, saubere Sachen zum Wechseln mit ins Bad zu nehmen. Er ließ seine getragene Unterhose und das schmutzige T-Shirt im Wäschekorb zurück, wickelte sich ein Handtuch um die Hüften und schnappte sich seine Jogginghose, bevor er an Cams Tür klopfte.

„Komm rein.“

Cam lag auf seinem Bett, nur in Boxershorts und einem grauen abgetragenen T-Shirt. Beides überließ wenig der Fantasie; der Stoff schmiegte sich eng an jede Kurve, jedes Tal und jeden Hügel von Cams beeindruckendem Körper. Er hatte sein Smartphone in der Hand und blickte auf, als Alex hereinkam.

„Hey. Sorry, ich hab’ vergessen, saubere Sachen mit ins Bad zu nehmen“, sagte Alex und hielt das Handtuch fest. Er spürte, wie seine Wangen zu glühen begannen, während er versuchte, Cam nicht anzustarren.

Alex kam sich entblößt vor, als Cams Blick über seinen blassen, mageren Körper wanderte, und wünschte sich plötzlich, er hätte das schmutzige T-Shirt einfach nochmal übergezogen. Rasch ging er zur Kommode, um eine frische Unterhose und ein T-Shirt herauszuholen. Während er in seiner Schublade wühlte, fiel ihm die Jogginghose aus der Hand, und er bückte sich, um sie wieder aufzuheben. Das Handtuch geriet ins Rutschen, und Alex fühlte plötzlich die kühle Luft an seinem Arsch. *Scheiße.* Hastig packte er sein Handtuch und zog es wieder hoch, bevor es ganz herunterfallen konnte.

Mit brennend heißen Wangen drehte er den Kopf und erwischte Cam gerade noch dabei, den Blick ertappt wieder auf sein Handy zu richten.

Ganz eindeutig hatte er Alex auf den Arsch gestarrt und mehr zu sehen bekommen als erwartet. Alex suchte verzweifelt nach einer witzigen Bemerkung, um die peinliche Stille zu brechen.

Gefällt dir die Show?

Heute Nacht ist Vollmond, alles klar?

Aber alles, woran er denken konnte, war, dass Cam ihm auf den Hintern gestarrt hatte, und wie sehr er sich wünschte, Cam würde mehr tun als nur zu starren. Die bloße Vorstellung ließ seinen Schwanz schon hart werden. Aber Alex hatte sich für einen Abend bereits genug blamiert, also griff er in die Schublade und zog das erstbeste Zeug heraus, das er in die Finger bekam. Dann machte er flugs den Abgang, wobei er die Kleidung vor seinen Halbharten hielt.

„Danke, Nacht", murmelte er beim Hinausgehen.

MIT JEMANDEM ZUSAMMENZUWOHNEN, für den man unsterblich schwärmte, sollte offiziell als Folter anerkannt werden, entschied Alex. Er war sich nicht im Klaren darüber gewesen, wie anders es sein würde, mit Cam unter einem Dach zu leben. Ihn in seinen Schafsachen zu sehen, ihm auf der Treppe zu begegnen, wenn er nichts als ein Handtuch trug, oder morgens in sein Zimmer zu gehen, während Cam noch nicht aufgestanden war und verschlafen auf dem Bett lag, nur in Boxershorts und T-Shirt – wahrscheinlich ganz warm und nach Cam riechend. All das führte dazu, dass Alex nach und nach ganz verrückt wurde vor Verlangen. Er begann sich zu fragen, ob es ein Fehler gewesen war, hier einzuziehen, anstatt Sebs Angebot anzunehmen, dessen Gästezimmer zu benutzen. Er traute seinem eigenen Urteilsvermögen nicht länger und entschied, dass er einen anderen Blick-winkel brauchte. Und so rief er am Freitagmorgen auf dem Weg zum Rainbow Place seinen Freund Hayden an.

Hayden ging nach ein paarmal Klingeln ran. „Aaach … ja? Was gibt's?" Seine Stimme klang rau und verschlafen.

„Oh, sorry. Ich wollte dich nicht wecken. Ich dachte, du hättest heute Morgen Unterricht, und ich würde dich im Bus erwischen oder so."

Alex hörte Haydens Bett knirschen. „Scheiße! Wie spät ist es? Oh verdammt, ich muss los!"

„Warte! Ich muss mit dir reden. Hast du nachher Zeit?"

„Was für ein Tag ist heute?"

„Freitag."

„Ja. Ab mittags habe ich frei. Wollen wir uns auf einen Kaffee treffen?"

„Ich arbeite bis vier; kannst du dann zum Rainbow Place kommen?"

„Klar." Hektisches Rascheln verriet, dass Hayden auf war und sich anzog.

„Okay", sagte Alex. „Bis später dann."
„Ja. Bis dann."

ALEX GENOSS es mehr und mehr, im Rainbow Place zu arbeiten. Die ersten paar Tage waren ziemlich stressig gewesen, weil er so viel lernen und sich erst einmal eingewöhnen musste. Außerdem war es bei seinen ersten Schichten am Wochenende auch sehr voll gewesen. Aber in der Woche, die seitdem vergangen war, hatte er alles etwas ruhiger angehen lassen können und nicht ganz so hektisch umherrennen müssen.

Heute nahmen er und Dylan Bestellungen entgegen, während Tom Luca in der Küche zur Hand ging. Seb war heute ebenfalls überwiegend in der Küche beschäftigt, weil er mit Luca über ein paar neue Menü-Ideen sprach, während sie arbeiteten.

„Ist echt interessant, wer so alles herkommt." Dylan lehnte an der Bar. Es war ruhig um diese Zeit am Vormittag, und er ließ seinen Blick über die Tische schweifen und studierte die unterschiedlichen Gäste, von Müttern mit Kleinkindern bis zu einer Gruppe älterer Damen, die Alex als Stammgäste erkannte. „Eine Wahnsinnsmischung. Echt cool." Dylan musterte einen Mann, der in der hinteren Ecke am Fenster saß. „Der Typ ist sexy. Hast du ihn schonmal hier gesehen."

Alex folgte Dylans Blick. Der Mann am Fenster trug Jeans und einen marineblauen Fischerpullover, und er war mit irgendetwas auf seinem Laptop beschäftigt, sodass er nicht bemerkte, dass er gerade beobachtet wurde. „Ja", antwortete Alex. „Ich bin ziemlich sicher, dass er in dieser

Woche schon einmal morgens hier war. Du findest ihn heiß?" Mit dem Pullover, den mittellangen, ungekämmten Haaren, dass an den Schläfen grau wurde, und der silberfarbenen Metallbrille erinnerte der Mann Alex an seinen früheren Erdkundelehrer. Absolut nicht Alex' Typ, auch wenn er objektiv betrachtet wahrscheinlich recht gutaussehend war.

„Er sieht super aus. Ich hab' eine echte Schwäche für ältere Männer, die ein bisschen nerdig sind." Dylan richtete sich auf und fuhr mit der Hand durch seine roten Locken. „Meinst du, er ist schwul?"

„Schwer zu sagen. Er trägt kein T-Shirt, auf dem ‚Superschwul' steht, woher zum Henker sollen wir es also wissen?", entgegnete Alex trocken.

„Ich gehe mal checken, ob er noch mehr Kaffee will", sagte Dylan. Er fummelte noch einmal an seinen Haaren, dann grinste er Alex an. „Wünsch mir Glück."

„Viel Glück."

Alex beobachtete Dylan, der selbstbewusst zum Tisch des Mannes ging. Aus dieser Entfernung jedoch würde er nichts hören können, also gab er es auf, die Situation weiter zu beobachten, als eine der Mütter mit ihrem Krabbelkind kam, um mehr Tee und ein Stück Kuchen zu bestellen.

Als Alex damit fertig war, sie zu bedienen, war Dylan zurück an der Kaffeemaschine.

„Wie ist es gelaufen?", fragte Alex.

„Nicht gerade vielversprechend", gab Dylan zu. „Er wollte Kaffee. Ich glaube schon, dass er schwul sein könnte, weil er mich auf eine gewisse Weise angeschaut hat ... aber er ist so unglaublich schüchtern und befangen, dass ich kein Gespräch mit ihm in Gang bringen konnte." Er seufzte. „Aus der Nähe sieht er sogar noch heißer aus. Er hat wirklich schöne Hände. Und behaarte Handgelenke. Ich wette, unter seinem Pullover steckt eine wunderbar behaarte Brust.“

Alex lachte. „Na ja, bleib einfach dran. Wenn er regelmäßig herkommt, kriegst du noch reichlich Gelegenheiten.“

„Stimmt.“ Dylans Gesicht hellte der sich auf. „Vielleicht wird er irgendwann warm mit mir. Okay, ich bringe ihm seinen Kaffee.“

ZEHN MINUTEN VOR ALEX’ Schichtende tauchte Hayden auf.

„Hey, Alter. Wie geht’s?“ Hayden beugte sich über den Tresen, legte Alex eine Hand in den Nacken und zog ihn zu sich, um ihm einen Kuss auf die Wange zu drücken.

Alex wurde rot, aber dann erinnerte er sich daran, wo er war und dass sich hier niemand etwas dabei dachte, Zuneigung auf diese Weise zur Schau zu stellen. „Nicht schlecht, danke. Es ist echt gut, dich zu sehen.“

„Ja. Sorry, dass ich mich so lang nicht blicken lassen habe.“ Haydens Blick wanderte zu Alex’ Wange, wo die Blutergüsse inzwischen so gut wie verblasst waren. Nur der Schnitt hatte eine rosafarbene Narbe hinterlassen. „Ich kann immer noch nicht fassen, dass dein Vater dich geschlagen hat. Was für ein absolutes Arschloch.“

„Schh!“ Alex schaute sich erschrocken um und hoffte, keiner der Gäste hatte Hayden gehört und nahm Anstoß an dessen Wortwahl. „Aber ja. Das ist er wirklich.“

„Und wie klappt es so, bei Cam zu wohnen?“ Hayden

grinste und wackelte mit den Augenbrauen. „Läuft da schon was?"

„Nein", sagte Alex, und Haydens Grinsen erstarb. „Können wir reden, sobald meine Schicht zu Ende ist? Dauert nicht mehr lang. Willst du Kaffee?"

„Klar. Krieg ich Kumpelrabatt?"

„Geht auf mich. Ich bekomme Personalnachlass. Latte?"

„Ja, bitte."

„Geh und such uns einen Tisch, wo wir reden können, und ich bring ihn gleich rüber."

HAYDEN HATTE seinen großen Latte zur Hälfte getrunken, als Alex sich mit einem Kaffee für sich selbst zu ihm gesellte. Er setzte sich Hayden gegenüber und seufzte. „Gott, es tut gut zu sitzen. Ich bin erledigt."

„Langer Tag?"

„Das Übliche. Ich bin immer erledigt, nachdem ich den ganzen Tag auf den Beinen war."

„Und wie ist es, hier zu arbeiten?"

„Ich liebe es." Alex lächelte. „Seb ist ein super Chef. Und die anderen Leute, die hier arbeiten, sind nett."

„Sind die meisten LGBT?"

Alex zuckte die Achseln. „Schwer zu sagen, wenn sie es nicht von sich aus erwähnen. Dylan ist auf jeden Fall schwul. Ich denke, Tom könnte schwul sein, aber er hat nichts gesagt. Und bei allen anderen habe ich keine Ahnung." Er nahm einen Schluck Kaffee. „Also, wie läuft es mit der Schule?"

„Oh, bestens!" Haydens Gesicht leuchtete auf. „Ich

habe so viele neue Leute kennengelernt, und es gibt jede Menge Spaß. Das Dumme ist nur, das viele Party machen kostet mich ein Vermögen. Ich muss mich echt ein bisschen zurückhalten."

Alex verspürte einen Stich von Neid. Er selbst hätte jetzt auch auf der Uni sein und Spaß haben sollen. Aber er schloss neue Freundschaften in seinem Job, und wenigstens steckte er nicht in einem langweiligen Wirtschaftsstudium. „Klingt toll. Und ist der Unterricht okay?"

„Ja, ist ziemlich gut. Ich lerne definitiv eine Menge." Er musterte Alex' Haar kritisch. „Du könntest eigentlich auch mal einen Haarschnitt brauchen. Kann ich an dir üben?"

„Vielleicht."

„Also, jedenfalls ... du wolltest mir von deiner Wohnsituation erzählen. Wie läuft das so? Und ist das jetzt was Dauerhaftes?"

„Nein. Ich kann nur vorübergehend bleiben. Cam und Wicksy haben kein freies Zimmer, deshalb schlafe ich auf dem Sofa. Die beiden sind echt cool, aber es kann nicht wirklich angenehm für sie sein, dass ich ihr ganzes Wohnzimmer in Beschlag nehme. Ich sollte mich also lieber nach etwas anderem umsehen. Vielleicht miete ich irgendwo etwas, sobald ich genug für die Kaution gespart habe."

„Und zwischen dir und Cam läuft immer noch nichts?" Hayden sah so enttäuscht darüber aus, dass es zum Lachen gewesen wäre, hätte Alex nicht genau dasselbe empfunden.

„Nein." Alex senkte die Stimme. „Und diese Woche ist es wirklich unangenehm, weil ich ihn letzten Freitag praktisch voll angebaggert habe, nachdem ich was getrunken hatte, aber er hat mich zurückgewiesen. Wieder einmal. Tja, das war also lustig."

„Autsch." Hayden verzog mitfühlend das Gesicht. „Aber ich verstehe das nicht. Es war immer so offensichtlich, dass er auf dich abfährt. Wieso zum Henker sträubt er sich immer noch, selbst nachdem du jetzt nicht mehr unter der Fuchtel deiner Eltern bist?"

„Keine Ahnung. Er sagt, er will unsere Freundschaft nicht verderben, aber ich bin da nicht so sicher. Vielleicht hat sich die Sache erledigt, und er steht einfach nicht mehr auf mich. Aber was immer dahintersteckt, das macht es nicht gerade einfach, da zu wohnen, weil ... ach. Hayden, ich fahr so unheimlich auf ihn ab, und er ist so ein großartiger Kerl, und es ist die reinste Folter, ständig in seiner Nähe zu sein, aber nicht so, wie ich es wirklich will." Während die Worte nur so herauspurzelten, kamen Alex auch sämtliche Emotionen hoch, als wäre ein Damm gebrochen. Ihm war bis zu diesem Moment gar nicht bewusst gewesen, wie sehr er alles in sich hineingefressen hatte. Sein Herz tat ihm weh, und seine Augen brannten. Er musste die Tränen wegblinzeln. „Es ist einfach zu schwer."

„Scheiße, Mann. Tut mir echt leid." Hayden griff über den Tisch und legte Alex eine Hand auf den Arm. „Das klingt verdammt hart." Der Umstand, dass Hayden auf den eigentlich unvermeidlichen *hart*-Witz verzichtete, verriet, wie ernst er Alex' Situation nahm.

„Ich habe noch eine andere Option, wo ich bleiben kann, und ich frage mich, ob ich sie ergreifen soll." Alex warf einen Blick hinüber zu Seb, der am Tresen stand. Dessen fester Freund Jason war soeben eingetroffen, immer noch in seinen staubigen Arbeitssachen und schweren Stiefeln. Während Alex hinsah, tauschten die beiden einen zärtlichen Kuss. Seb lächelte strahlend, als er den Kopf zurückneigte und etwas sagt, das Alex nicht hören konnte. „Seb hat mir auf unbegrenzte Zeit sein Gästezimmer angeboten. An dem Tag, als ich bei meinen Eltern ausgezogen bin. Aber ich wollte mit Cam zusammen sein. Und jetzt fürchte ich, das war keine besonders kluge Entscheidung. Vielleicht sollte ich Seb fragen, ob das Angebot noch steht.“

„Ja. Das wäre wahrscheinlich die vernünftigere Entscheidung. Du hättest ein Zimmer für dich allein. Und ein bisschen Abstand zwischen dir und Cam ist sicher ganz gut, wenn es dich so fertig macht, mit ihm unter einem Dach zu leben.“

„Hmm.“ Alex wusste, dass Hayden damit recht hatte. Aber er wollte nicht vernünftig sein. Er wollte, dass Cam seine Meinung änderte. „Ich werde am Wochenende darüber nachdenken.“

„Apropos Wochenende – es ist Freitagabend. Ich fahre nach St. Austell und treffe mich mit ein paar Leuten aus der Schule. Hast du Lust mitzukommen? In meinem Kurs sind viele schnuckelige, schwule Typen. Du hättest kein Problem, jemanden abzuschleppen, der dich von Cam ablenkt.“

„Ich habe schon versucht, mich mit jemand anderem von Cam abzulenken, und du siehst ja, wie super das gelaufen ist.“ Alex verdrehte die Augen. „Mein Vater hat uns erwischt, und ich bin noch besessener von Cam als je zuvor.“

„Tja, also, dein Vater wird dieses Mal nicht in der Nähe sein. Komm schon. Geh mit mir zusammen raus. Das wird toll! Mein Kumpel Ashley sagt, ich kann bei ihm übernachten. Es macht ihm bestimmt nichts aus, wenn ich dich mitbringe.“

Alex dachte einen Augenblick darüber nach, aber nein. „Danke, Mann, aber nicht heute Abend. Ich bin echt erledigt und nicht in Partystimmung." Alex war am Vorabend lange auf gewesen, um einen Soziologie-Aufsatz zu beenden, und er musste am Samstag die Frühschicht übernehmen. Wäre Hayden irgendwo in Porthladock ausgegangen, hätte Alex ihn vielleicht begleitet – dann hätte er zumindest jederzeit zu Fuß nach Hause gehen können, falls es ihm zu viel wurde. Und falls er nachher doch noch Lust auf Geselligkeit bekam, konnte er zu diesem Spendending des Rugbyclubs gehen, das Wicksy erwähnt hatte.

„Okay. Ein anderes Mal dann?"

„Ja."

Hayden checkte die Uhrzeit auf seinem Handy. „Alles klar. Ich zische mal lieber ab. Bevor es losgeht, will ich noch heim und was essen." Hayden stand auf, und Alex tat es ihm gleich. Sie umarmten einander, und Hayden drückte Alex noch einmal besonders fest. „Es tut mir leid, dass du gerade so eine beschissene Zeit hast, Alex. Ruf mich jederzeit an, wenn du reden willst oder irgendetwas brauchst, egal was, okay? Ich hoffe, es wird bald alles besser."

„Danke, Hayden."

„Und Cam ist ein Idiot. Er verpasst etwas, und daran ist er selbst schuld. Du bist toll."

Alex grinste. Es ging ihm schon ein wenig besser. „Danke. Ich bin froh, dass du so denkst."

DREIZEHN

„Kommst du heute Abend mit zum Rugbyclub?", fragte Wicksy Cam, während sie in der engen Küche beschäftigt waren. Wicksy machte sich irgendetwas mit Speck, Eiern und Bohnen, Cam kochte Nudeln. Alex hatte zum Glück bereits gegessen und war im Augenblick oben unter der Dusche.

„Weiß noch nicht. Vielleicht."

Am heutigen Abend trat dort eine 70er-Jahre-Coverband auf, um Spenden für den Verein zu sammeln. Cam wusste, er sollte eigentlich da aufkreuzen, um seine Unterstützung zu demonstrieren, aber er hatte eine lange Woche hinter sich, in der er einen vollkommen überwucherten Garten auf Vordermann gebracht hatte, und wollte eigentlich am liebsten zu Hause mit einem Bier auf dem Sofa abhängen.

„Ich glaube, das wird ziemlich lustig. Es kommen jede Menge Leute, und die Band soll echt gut sein. Heute Morgen habe ich Alex gefragt, und er sagte, er würde wahrscheinlich kommen."

Das weckte Cams Interesse. Um ehrlich zu sein, hatte er auch deswegen lieber zu Hause bleiben wollen, weil er gehofft hatte, mit Alex abhängen zu können. In der letzten Woche hatte ihre Freundschaft einen Dämpfer bekommen – was keine Überraschung war – und er hatte gehofft, sie könnten das endlich hinter sich lassen und einen netten Abend zusammen verbringen. Aber wenn Alex ausging, war es für Cam wenig verlockend, allein zuhause zu bleiben. „Ja. Dann komme ich wohl auch mit und bleibe ein Weilchen."

SIE KAMEN um kurz nach acht im Club an, und da war es schon recht voll. Die Band hatte noch nicht angefangen zu spielen, aber aus den Lautsprechern dröhnte Discomusik der 70iger-Jahre.

„Du hast mir nicht gesagt, dass ich mich in Schale schmeißen muss!", sagte Alex, als er sich im Raum umschaute.

„Das ist ja auch kein Muss", antwortete Wicksy. „Wow, guck dir die Frau in dem einteiligen Glitzer-Dingsda an. Die sieht superscharf aus."

Cam folgte Wicksys Blick zu einer Brünetten in einem funkelnden, silberfarbenen Catsuit und hohen Plateaustiefeln. Sie hatte einen heißen Körperbau und sah in ihrem Outfit in der Tat umwerfend aus. „Ja. Sie sieht super aus", stimmte Cam zu.

„Wenn ihr zwei mit Sabbern fertig seid … möchtet ihr vielleicht auch was trinken?", fragte Alex. Seine Stimme hatte einen leicht bissigen Unterton, der Cam nicht entging.

Cam dreht sich zu ihm um und antwortete: „Ja. Ein Lager für mich, bitte. Ich komme mit und helfe dir tragen."

„Für mich dasselbe", sagte Wicksy, der immer noch die Frau anstarrte. „Ich glaube, ich bin verliebt. Wer zum Henker ist sie? Ich habe sie noch nie hier gesehen. Ob sie wohl Single ist?"

Alex und Cam machten sich auf den Weg an die Bar. Sie mussten eine Weile warten, bevor sie bedient wurden, und als sie mit den Getränken in den Händen wieder auftauchten, suchte Cam mit den Augen die Menge ab, um festzustellen, wo Wicksy abgeblieben war.

„Na, so eine Überraschung." Er nickte mit dem Kinn zur Seite des Raums, wo Wicksy eifrig auf die Brünette einredete. Sie lächelte, dann lachte sie über etwas, das Wicksy gesagt hatte. „Scheint gut zu laufen."

Als sie näherkamen, sah die Frau sie, bevor Wicksy es tat. Ihr Blick schoss kurz zu Alex und blieb dann an Cam hängen. Sie ließ ihre Augen über seinen Oberkörper aufwärts wandern, bevor sie Cams Blick auffing und hielt. Dann lächelte sie, und erst jetzt drehte Wicksy den Kopf und bemerkte Cam und Alex ebenfalls.

„Oh. Hey, Leute. Danke für das Bier. Alex, Cam, das ist Viola. Sie ist Lucas Cousine und aus Italien zu Besuch hier."

Viola bot ihnen ihre schlanke, perfekt manikürte Hand an und schüttelte zunächst Alex, dann Cam die Hand. Sie hielt Cams Hand ein wenig länger fest. Cam lächelte sie an, bezaubert von ihren tiefbraunen Augen und wohlgeformten, vollen Lippen.

Alex räusperte sich, und Cam ließ Violas Hand los. Alex fragte: „Also, Viola. Bleibst du länger, oder ist das eher ein Kurzbesuch?" Etwas in seinem Ton klang so, als hoffte er auf Letzteres.

„Nur zwei Wochen, fürchte ich. Ein kurzer Urlaub, bevor ich zurück nach Italien fahre und einen neuen Job antrete." Sie sprach fließend Englisch, hatte aber einen starken Akzent.

Es entstand eine peinliche Pause.

„Und gefällt es dir hier?" Cam konnte die Anspannung, die von Alex neben ihm ausstrahlte, immer noch deutlich spüren.

„Ja", sagte sie etwas zu überschwänglich. „Es ist sehr schön hier. Die See, die Küste. Ich lebe im Binnenland, daher ist das hier geradezu magisch für mich."

„Hast du vor, irgendwelche Sehenswürdigkeiten zu besuchen?", fragte Wicksy und rutschte ein wenig näher zu ihr. Dabei warf er Cam einen schnellen Blick zu, der so viel sagte wie: *Halt dich bitte zurück, Mann. Ich habe sie zuerst gesehen.*

Vor einigen Monaten wäre Cam bestimmt geblieben, um sich weiter zu unterhalten. Es passierte oft, dass er und Wicksy dieselben Frauen toll fanden, und bisweilen entstand eine gutmütige Rivalität zwischen ihnen und sie legten es absichtlich darauf an, dieselbe Frau zu umgarnen. Beide waren gute Verlierer, und falls es einmal vorkam, dass sie beide abgewiesen wurden, ertränkten sie gemeinsam ihren Kummer.

Heute Abend jedoch überließ Cam Wicksy nur zu gern das Feld. Alex war offensichtlich eifersüchtig, und Cam wollte ihn nicht verstimmen, indem er mit Viola flirtete, obwohl er keinerlei Absichten ihr gegenüber hegte, falls sie interessiert sein sollte. Sie war umwerfend, aber

Cam war viel zu sehr mit seinen komplizierten Gefühlen Alex gegenüber beschäftigt.

Er legte Alex eine Hand auf den Arm. „Hey, guck mal. Da sind Seb und Jason. Wollen wir rübergehen und Hallo sagen?"

„Okay." Alex entspannte sich und schenkte Cam ein kleines Lächeln.

„Entschuldige uns bitte", sagte Cam zu Viola. „Es war schön, dich kennenzulernen. Viel Spaß noch in Cornwall."

„Danke." In ihrem Lächeln lag eine Spur Bedauern, aber dann wandte sie sich wieder an Wicksy. „Also, welche Sehenswürdigkeiten sollte ich auf meine Liste setzen?"

Alex blieb dicht an Cams Seite, als sie durch die Menge zur anderen Seite des Raums gingen. „Sie stand total auf dich", sagte er. „Ich glaube, Wicksy wird kein Glück haben."

Cam zuckte die Achseln. „Tja, das gilt auch für sie. Ich habe kein Interesse."

„Wirklich nicht?" Alex warf ihm einen skeptischen Seitenblick zu.

„Sie ist sehr hübsch, aber ich suche nicht nach einer Urlaubsaffäre."

„Wonach suchst du dann?"

Cam, blieb wie angewurzelt stehen, und Alex wandte sich ihm zu, um ihn anzusehen. Das war eine gute Frage. Was zum Henker wollte er eigentlich? Vor wenigen Monaten noch war er superzufrieden mit seinem Leben gewesen – jung, frei und Single, gelegentliche One-Night-Stands und einige sehr lockere Kurzbeziehungen. Das hatte ihm bestens in den Kram gepasst. Und jetzt lebte er praktisch im Zölibat und sträubte sich gegen Gefühle für jemanden, der zu seinem besten Freund geworden war. Er kam sich illoyal gegenüber Wicksy vor, weil er so von Alex dachte, aber es stimmte. Wicksy war ein toller Kerl, und Cam hatte ihn wahnsinnig gern, aber mit Alex war es etwas anderes. Zwischen ihm und Alex gab es diese emotionale Bindung, die er auch mit Leanne gehabt hatte. Es war eine sehr tiefe Bindung, und Cam konnte sich ein Leben ohne Alex nicht mehr vorstellen.

„Ich habe keine Ahnung", antwortete er schließlich aufrichtig und zuckte mit den Schultern. Die Antwort auf diese Frage würde noch warten müssen. Es war Freitagabend, er hatte ein Bier in der Hand, und er wollte sich entspannen. „Kommst du?" Er nickte in die Richtung des Tisches, an dem Seb und Jason saßen.

„Klar."

„Hey, Leute, sitzt hier schon wer, oder dürfen wir uns zu euch gesellen?", fragte Cam, als sie am Tisch ankamen.

„Hi. Und nein. Tut euch keinen Zwang an."

Sie begrüßten sich gegenseitig mit Handschlag und einem Lächeln. Jason und Seb saßen nebeneinander auf einer Bank, also nahmen Alex und Cam die Stühle gegenüber von ihnen. Als sie sich setzten, rückte Seb näher zu Jason, und Jason legte seinen Arm um Sebs Schultern.

„Also, wie läuft es so bei dir, Alex?", fragte Jason. „Gefällt dir die Arbeit im Rainbow Place? Seb ist hoffentlich kein allzu großer Sklaventreiber."

„Hey!", entrüstete sich Seb.

Jason grinste und gab ihm einen kurzen Kuss auf die Wange.

„Nein", antwortete Alex lachend. „Es ist cool und macht Spaß. Jedenfalls ist es viel besser als außerhalb der

Saison draußen auf dem Campingplatz zu schuften, auch wenn's oft hektisch wird. Ich habe lieber viel zu tun, als mich zu langweilen."

Sie saßen zusammen und plauderten, während der Club sich mehr und mehr füllte. Als Cams Glas leer war, stand er auf. „Ich bin dran. Kannst du schon ein zweites Bier gebrauchen?", fragte er Alex.

„Ja, bitte."

„Kann ich für euch auch was mitbringen?"

„Oh, bist du sicher? Wir können uns selbst was holen", sagte Seb.

„Nein, nein. Ist schon gut. Die Runde geht auf mich. Was hättet ihr gern?"

„Ein Lager für mich – Stella, bitte", sagte Jason.

„Und ich nehme Wodka mit Cola light. Danke." Seb ließ den Eiswürfel am Boden seines fast leeren Glases kreisen.

„Soll ich dir tragen helfen?", bot Alex an.

„Ja, bitte."

Als sie den Raum durchquerten, entdeckten sie eine breitschultrige Gestalt in weißer Schlaghose und entsetzlich gemustertem Polyesterhemd. Das Hemd war bis zum Bauchnabel offen und enthüllte eine sehr behaarte Brust sowie ein Goldmedallion. Er umklammerte ein halb leeres Bierglas.

„Hey, Cam, Alex! Schön, euch zu sehen!" Da der Kerl außerdem auch eine Perücke trug, brauchte Cam eine Sekunde, um ihren Teamkapitän Drew zu erkennen. Seiner dröhnenden Stimme und den schlaksigen Bewegungen nach zu urteilen, musste er schon einige Biere intus haben.

„Heiliges Kanonenrohr, Drew. Das ist ein Hammerkostüm, was du da anhast." Cam ließ sich von Drew in eine deftige Kumpelumarmung inklusive Schulterklopfen ziehen, dann trat er einen Schritt zurück, um sich die Verkleidung genauer anzusehen. „Du siehst zum Brüllen aus!"

„Genau das wollte ich auch erreichen." Drew grinste und wandte sich Alex zu, um ihn ebenfalls herzhaft an sich zu drücken. „Schön, euch beide zu sehen." Dann verfinsterte sich seine Miene. „Ich hab' gehört, was mit deinem Vater passiert ist, Alter. Wenn's irgendwas gibt, was ich oder die Jungs tun können, brauchst du nur zu fragen."

„Danke", sagte Alex. „Ich weiß das zu schätzen. Aber es ist jetzt alles okay, weil ich nicht mehr bei meinen Eltern wohne. Mein Vater benimmt sich mehr oder weniger so, als würde ich gar nicht existieren, und damit kann ich bestens leben." Er versuchte, fröhlich zu klingen, aber Cam hörte die leichte Bitterkeit in Alex' Worten.

„Jedenfalls ... ich freue mich, dass ihr zusammen seid. Das war längst überfällig, wenn ihr mich fragt. Ihr seid ja schon seit eurer ersten Begegnung umeinander herumgetanzt

Es dauerte einen Moment, bis die Bedeutung der Worte richtig sackte. Alex begriff es als Erster, vor Cam. „Oh, nein", sagte er rasch. „Wir sind nicht so zusammen. Wir sind nur Freunde." Er warf einen Seitenblick zu Cam und wirkte sehr unbehaglich.

„Aber ich hörte, ihr wärt zusammengezogen?"

„Ja, aber nicht als Paar. Ich schlafe nur für eine Weile auf dem Sofa."

„Oh, 'Tschuldigung. Da lag ich wohl daneben." Drew

grinste sie an, offenbar war ihm sein Fauxpas nicht besonders peinlich. „Tja, ich hätte echt Geld darauf gewettet, dass ihr zwei zusammenkommt. Wieso zum Henker ist das noch nicht passiert? Ach was, keine Bange, ihr müsst darauf nicht antworten." Er tätschelte Cams Schulter. „Na gut. Ich geh' mal nachsehen, ob die Band bald so weit ist, dass sie anfangen können. Viel Spaß!" Und damit drückte er sich an ihnen vorbei durch die Menge und war verschwunden.

„Oh Mann, war das peinlich", sagte Alex.

„Ja." Drews Worte klangen Cam immer noch in den Ohren: *Wieso zum Henker ist das noch nicht passiert?* So langsam fing er an, sich dasselbe zu fragen. Wieso wehrte er sich so vehement gegen etwas, das mehr und mehr unausweichlich zu sein schien?

„Komm." Alex zog an Cams Arm, um dessen Aufmerksamkeit zurückzugewinnen. „Lass uns an die Bar gehen, bevor die Schlange da noch länger wird."

„DAS WAR 'N ECHT KRASSER ABEND", sagte Wicksy leicht lallend vom Alkohol. „Dabei mag ich nicht mal ABBA, aber die Band war super. Mann, ich glaub', ich hab' mir beim Tanzen irgendwas gezerrt, irgendwas in der Leiste oder so."

Alex lacht, und Cam schnaubte. „Na, hoffentlich nicht. Wir brauchen dich nächstes Wochenende bei unserem Spiel gegen Newquay. Da musst du fit sein."

„Der Abend wäre noch besser gewesen, wenn ich jemanden aufgerissen hätte", redete Wicksy weiter, als hätte Cam gar nichts gesagt. „Diese Viola, die war so verdammt heiß." Er seufzte laut. „Aber sie hatte kein Interesse. Sie wollte nur mit mir tanzen, sonst nix."

„Du kannst sie nicht alle haben." Cam tätschelte ihm den Rücken. Dann ergriff er rasch seinen Arm, als Wicksy torkelte und ins Stolpern geriet. Sie waren alle drei beschwipst– selbst Alex, der am nächsten Morgen arbeiten musste – aber Wicksy war auf jeden Fall der Betrunkenste von ihnen.

„Sie stand auf dich. Hat mich über dich ausgefragt, nachdem du weg warst. Sie dachte, du seist schwul. Hab' ihr gesagt, dass du bi bist, aber schon vergeben."

„Was? Wieso solltest du so etwas sagen?"

„Stimmt doch, oder nich'?" Wicksy zuckte die Achseln. „Du bis' vielleicht offiziell Single, aber du has' seit Monaten kein Interesse mehr an irgendwem gezeigt. Nich' seit –"

„Drews Kostüm war klasse", sagte Cam. „Er sah zum Totlachen aus. Aber das Beste war, als er auf der Tanzfläche den Stripperspagat machte und ihm dabei die Hose geplatzt ist. Gott sei Dank hatte er Unterwäsche an!"

Alle drei lachten darüber.

„Oh ja", sagte Wicksy. „Ich wünschte, ich hatte ein Kostüm gehabt. Wenn das nächste Mal sowas stattfindet, gebe ich mir mehr Mühe."

Erleichtert darüber, Wicksys Redefluss in eine andere Richtung gesteuert zu haben, entspannte Cam sich ein wenig. Für den Rest des Weges redeten er und Wicksy über die anderen Verkleidungen, die die Leute auf der Party getragen hatten, aber Alex blieb stumm. Cam vermutete, dass Alex nur zu gut wusste, was Wicksy eigentlich hatte sagen wollen.

Cam hatte kein Interesse mehr an irgendwem gezeigt, seit er Alex kennengelernt hatte.

Wieso zum Henker ist das noch nicht passiert? Erneut hallte diese Frage in seinem Kopf wider. Und dieses Mal antwortete er sich selbst. *Weil du Angst hast.* Er hatte Angst, es zu vermasseln, Alex zu verletzen, selbst verletzt zu werden, zu ruinieren, was sie jetzt hatten.

Zurück im Haus marschierte Wicksy geradewegs ins Wohnzimmer, während Cam in die Küche ging. Er und Alex machten sich Toasts und tranken O-Saft. Sie aßen im Stehen in der Küche, beide gegen die Frühstücksbar gelehnt. Alex tippte etwas auf seinem Smartphone, und Cam beobachtete ihn verstohlen und bewunderte sein Profil und die vollen Lippen. Er versuchte sich vorzustellen, wie es wäre, eine Beziehung mit Alex zu haben. Würde das funktionieren? Sollten sie es versuchen? Wollte Alex das überhaupt noch? Wollte er selbst es?

Cam seufzte und schüttelte den Kopf, um seine wirren Gedanken zu klären.

„Alles okay?", fragte Alex.

„Ja. Nur müde. Ich gehe jetzt rauf und ins Bett."

Sie schauten sich einen Moment lang in die Augen, und da war wieder diese Verbindung zwischen ihnen, wie immer. Diese Anziehung, der zu widerstehen Cam mittlerweile leid wurde.

„Dann gute Nacht", sagte Alex. Seine Miene war unmöglich zu deuten.

„Nacht."

In seinem Zimmer zog Cam sich bis auf seine Boxershorts aus, dann ging er pinkeln und Zähne putzen. Als er aus dem Bad zurückkam, wartete Alex auf dem Treppenabsatz.

„Das Bad gehört ganz dir", sagte Cam mit einem Nicken zur Badezimmertür. „Ich bin fertig."

„Ähm. Ja. Aber wir haben ein kleines Problem. Wicksy ist auf dem Sofa eingepennt – also, er ist praktisch im Koma. Ich habe versucht, ihn wachzustupsen, aber falls ich ihn nicht buchstäblich runter auf den Boden schieben will, habe ich keine Chance, ihn da wegzubewegen. Meinst du, es macht ihm was aus, wenn ich heute Nacht in seinem Zimmer schlafe?"

„Ich bin sicher, er hätte nichts dagegen. Aber hast du dir sein Zimmer schon einmal angesehen? Wicksy ist ein echtes Ferkel. Wahrscheinlich hat er seit Monaten nicht mehr die Bettwäsche gewechselt." Cam übertrieb nicht. Wicksy war wirklich eine faule Sau und sein Zimmer normalerweise ein Dreckstall.

„So schlimm kann es doch nicht sein", sagte Alex. Er öffnete die Tür zu Wicksys Zimmer und schaltete das Licht ein. „Oh, wow. Okay. Ich sehe, was du meinst."

Cam schaute über Alex' Schulter. Es lag so viel schmutzige Wäsche auf dem Boden, dass der Teppich nicht mehr zu sehen war. Das Bett war zerwühlt, und das dunkelgraue Laken wies ein paar verdächtig aussehende Flecken auf. Als Cam einatmete, rümpfte er unwillkürlich die Nase – die Luft im Raum war abgestanden und roch nach schmutzigen Socken. „Ja. Hier willst du nicht schlafen." Er schwieg einen Augenblick und versuchte zu ignorieren, dass sein Herzschlag sich beschleunigte, bevor er betont beiläufig fragte: „Willst du bei mir im Bett schlafen? Es ist groß genug für zwei."

Alex wandte sich um, und sein Gesichtsausdruck wirkte verunsichert. „Bist du sicher?"

„Natürlich." Cam versuchte zu klingen, als wäre das keine große Sache. Und ganz ehrlich sollte es das auch eigentlich nicht sein. Es war nichts Besonderes, wenn zwei Kumpel sich ein Bett teilten. Das hatten er und Wicksy schon mehrmals gemacht, wenn sie bei Auswärtsspielen im Hotel übernachtet hatten und es keine Einzelbetten mehr gab. Aber mit Alex ein Bett zu teilen, *würde* eine große Sache sein, und das wussten sie beide.

Es entstand eine lange Pause, und Cams Herz pochte heftig. Er wusste nicht, ob er wollte, dass Alex ablehnte oder dass er annahm.

„Okay, sagte Alex schließlich. „Ich putz mir nur eben die Zähne und so. Bin in einer Minute da."

Cams Herz hörte nicht auf zu rasen, und er befürchtete, tatsächlich zu hyperventilieren, bevor Alex aus dem Bad zurückkehrte. Er huschte nervös durch sein Zimmer und räumte völlig unnötigerweise Sachen hin und her. Dann zog er ein T-Shirt über. Normalerweise schlief er nur in Unterhose, weil sein Federbett dick und warm war. Gott, er dachte viel zu viel über alles nach. Er riss sich das T-Shirt wieder über den Kopf, stopfte es zurück in die Schublade und krabbelte ins Bett. Mit geschlossenen Augen lauschte er dem Rauschen des Wassers, dann hörte er die Toilettenspülung. Als nächstes kam das Knirschen der Fußbodendielen auf dem Treppenabsatz, und dann das sanfte Klicken des Schlosses, als Alex die Zimmertür hinter sich zuzog.

„Hey", sagte Alex leise.

Cam erwog eine Sekunde lang, sich schlafend zu stellen. Vielleicht wäre es das Beste gewesen, aber als er das Rascheln von Kleidung hörte, konnte er nicht widerstehen und öffnete die Augen. Alex schlüpfte gerade aus seiner Jeans. „Hey", antwortete Cam und stützte sich auf seine Ellenbogen. Das Federbett rutschte von seinen nackten Schultern. Alex senkte den Blick und musterte Cams Oberkörper.

Mit einer bewusst langsamen Bewegung hob Alex sein T-Shirt über den Kopf und enthüllte blasse Haut und einen schlanken, trainierten Körper. Als sein Kopf wieder zum Vorschein kam, hielt er Cams Blick fest, wie um ihn herauszufordern, während er das T-Shirt über eine Stuhllehne warf. Cam legte sich wieder zurück aufs Bett und hielt den Atem an, als Alex ums Bett herumging und auf der anderen Seite hineinkrabbelte. Die Matratze bewegte sich, der Bettrahmen knirschte kurz, und dann lag Alex neben Cam auf dem Rücken. Cam streckte den Arm aus und schaltete die Nachttischlampe aus.

Die plötzliche Dunkelheit war wie eine dicke Samtdecke.

Cam fragte sich, ob Alex genauso nervös war wie er selbst. Der Raum zwischen ihnen war angefüllt mit Möglichkeiten, und Cam war nicht länger fähig, der Versuchung zu widerstehen. Er streckte im Dunklen den Arm aus, fand und hielt Alex' Hand und verschränkte wortlos seine und Alex' Finger miteinander. Er drückte, und Alex erwiderte die Geste.

Cam nahm einen zittrigen Atemzug, dann rutschte er langsam näher, bis er Alex' Körperwärme an seiner Seite spürte. Sein Daumen rieb in kleinen Kreisen sanft Alex' Handgelenk, und Alex drückte erneut Cams Hand.

Cam war nicht sicher, wer von ihnen den ersten Schritt machte. Sie schienen sich gleichzeitig auf die Seite zu drehen und in der Dunkelheit nach dem jeweils anderen zu greifen. Es begann wie eine Umarmung – ihre Körper aneinandergedrückt, die Gesichter an den Schultern des anderen vergraben. Der Duft von Alex' Haut weckte in Cam glühendes Verlangen. Ihm wurde heiß am ganzen Körper, und sein Schwanz wurde so hart zwischen ihnen, dass Alex das unmöglich entgehen konnte.

„Cam?" Alex klang unsicher.

„Ja?" Cams Stimme war gedämpft, weil er immer noch an Alex' Hals dessen Duft inhalierte. Er spürte einen schnellen Pulsschlag unter seinen Lippen.

„Was tun wir?"

„Ich weiß es nicht."

Cam drehte den Kopf und sein Mund suchte Alex' Lippen.

Als ihre Lippen sich trafen, wurden Cams sämtliche Zweifel von diesem perfekten Kuss davongespült, von dem Seufzen, dass Alex von sich gab und dass sich nach unendlicher Erleichterung anhörte. Endlich, nach Monaten der Zurückhaltung, ergab Cam sich dem Unvermeidlichen, wie ein Schiff, das von der Flut davongetragen wurde.

VIERZEHN

Was tun wir?

Seine eigenen Worte liefen in einer Dauerschleife in Alex' Kopf, aber er ignorierte sie und küsste Cam heftiger. Er hatte Angst, nur diese eine Nacht mit Cam zu haben, Angst davor, verletzt zu werden, aber er wollte Cam zu sehr, um jetzt aufzuhören – auch wenn er wusste, dass es das Vernünftigste wäre.

Stattdessen schlang er sein Bein um Cams Hüften und zog ihre Körper noch enger aneinander, sodass er Cams harte Erektion spüren und seine eigene dagegen pressen konnte.

Cam stöhnte und griff nach unten, packte Alex' Hintern und drückte ihn. Der winzige restliche Abstand zwischen ihnen war immer noch zu viel für Alex. Er klammerte sich an Cam wie eine Klette an einen Felsen, als würde er versuchen, mit ihm zu einer einzigen Person zu verschmelzen. Die Erregung ließ seine Haut glühen und sammelte sich wie geschmolzenes Metall in seinem Unterleib. Es war wundervoll und frustrierend zugleich.

Entschlossen, sich dieses Mal nicht zum Deppen zu machen, indem er zu früh kam, unterbrach Alex den Kuss und drückte mit beiden Händen gegen Cams Brust. „Leg dich auf den Rücken", flüsterte er.

„Was hast du vor?", fragte Cam.

„Ich will dir den Schwanz lutschen. Ist das okay?"

„Ja." Cams Antwort war atemlos. „Natürlich. Oder ... wir könnten neunundsechzig machen, wenn du willst?"

„Okay." Das hatte Alex noch nie gemacht, aber zu Cams Mund an seinem Ständer würde er nicht Nein sagen. „Wie willst du es machen?"

„Knie dich über mich."

Sie entledigten sich ihrer Unterhosen, dann positionierte Alex sich auf Händen und Knien über Cam. „So?"

„Ja. Perfekt." Cams warmer Atem wehte über Alex' Hoden.

Zwar wünschte er, er könnte mehr von Cam sehen, aber Alex war irgendwie froh über die Dunkelheit. Mit seinem Arsch genau über Cams Gesicht wurde er schrecklich verlegen, obwohl Cam kaum etwas sehen konnte. Rasch richtete er seine Aufmerksamkeit auf Cam, nahm dessen Ständer in den Mund und begann zu saugen. Und Cam machte dasselbe mit ihm.

Die Reizüberflutung – den Schwanz gelutscht zu bekommen und Cams Ständer im Mund zu haben – sorgte dafür, dass Alex rasch jede Verlegenheit verlor und einfach nur noch fühlte. Er stöhnte auf, als Cams Fingerspitzen ihn hinter seinen Eiern streichelten und dabei seinem Loch immer näher kamen.

„Ist das okay?" Cam ließ von Alex ab, um die Frage zu stellen, behielt Alex' Schwanz jedoch fest in der Hand.

„Ja", brachte Alex heraus, aber seine Stimme war kaum mehr als ein heiseres Krächzen. Dann fuhr er fort, Cam einen zu blasen.

Cams Finger waren nass von Spucke. Er rieb damit über Alex' Eingang, und Alex stöhnte und presste seinen Hintern fester gegen Cams Finger. Er wollte mehr, aber er war seinem Orgasmus bereits zu nahe und war noch nicht bereit, schon zu kommen. Er ließ Cams Schwanz aus dem Mund gleiten, sodass er keuchen konnte: „Stopp!"

Cam erstarrte. „Sorry, ist das zu viel?"

„Ja, aber nicht auf schlechte Weise. Es ist nur ... ich komme gleich, wenn du so weitermachst, und das will ich nicht. *Noch* nicht."

„Oh." Cam klang zugleich liebevoll und belustigt. „Das ist okay. Wir können ein bisschen langsamer machen. Wie hättest du es gern?"

„Vielleicht lässt du meinen Schwanz erstmal in Ruhe, aber machst ... mit dem anderen Zeug weiter?" Alex bekam ganz heiße Wangen.

„Du willst, dass ich mit deinem Arsch spiele?

„Ja."

„Möchtest du, dass ich daran lecke?"

Alex' Wangen brannten nun noch mehr, als sein Schwanz in Cams Hand zuckte – ein ziemlich eindeutiges Ja, ohne dass Alex etwas sagen musste. „Wenn du magst."

„Liebend gern." Cam gab ihm einen sanften Klaps auf den Hintern. „Rutsch ein bisschen nach oben."

Alex folgte der Aufforderung. Plötzlich war sein Schwanz kalt, denn Cam ließ ihn los, um mit beiden Händen Alex' Hinterbacken zu packen und zu spreizen.

„Ich wünschte, ich könnte dich sehen", sagte Cam. „Ich

wette, du siehst scheiße geil aus so." Alex stellte sich vor, Cam würde ihn in dieser Position ansehen, und bei dem bloßen Gedanken überlief es ihn am ganzen Körper heiß. „Jetzt lutsch mir weiter den Schwanz, während ich dein Loch lecke."

Der Befehl erregte Alex. Es gefiel ihm, dass Cam die Führung übernahm; er fühlte sich sicherer dabei. Gehorsam öffnete er die Lippen, schloss sie um Cams Eichel und begann erneut zu saugen. Das Gefühl von Cams feuchter Zunge an seinem Loch brachte Alex zum Stöhnen, und er nahm Cam automatisch tiefer in den Mund. Rimming war ebenfalls etwas, das er noch nie gemacht hatte, und nun verstand er, warum die Leute es machten. Es war eine süße Folter, kitzelte ein wenig, war sehr erotisch und fühlte sich unglaublich intim an. Schon bald verlor Alex jede Zurückhaltung, wiegte die Hüften vor und zurück über Cams Gesicht und nahm Cams Ständer so tief, dass seine Augen tränten. Selbst ohne jede Stimulation an seinem Schwanz war er hart und triefte, immer wie kurz davor, aber ohne unmittelbare Gefahr zu kommen. Das Verlangen nach mehr wuchs langsam, aber stetig, und schließlich hielt er es nicht mehr aus.

Er ließ von Cams Schwanz ab und keuchte: „Wirst du mich ficken?"

Cam drückte Alex' Arschbacken und grub seine Finger hinein, als er fragte: „Bist du sicher?"

„Wieso sollte ich nicht sicher sein?" Es war bizarr, dieses Gespräch in dieser Position zu führen, Alex' Arsch über Cams Gesicht. Cams Ständer rieb an Alex' Wange.

„Hast du das schonmal gemacht?"

„Nein." Alex schnaubte frustriert. „Und wenn schon.

Ich weiß, was ich will. Hör auf, mich wie ein Kind zu behandeln."

Es entstand eine Pause, und Alex wurde das Herz schwer. Falls Cam es an dieser Stelle beendete, würde Alex am Boden zerstört sein. In diesem Augenblick war Alex die Vergangenheit genauso egal wie die Zukunft. Das Einzige, was zählte, war die Gegenwart, und sein ganzer Körper verzehrte sich nach Cam. Egal, was morgen sein würde, Alex wusste, er würde es nie bereuen, diese Chance ergriffen zu haben.

„Okay", sagte Cam schließlich. „Dann geh herunter von mir. Ich muss das Licht anmachen, damit ich etwas Gleitcreme und Kondome suchen kann."

Alex drehte sich der Magen um, als ihm die Realität dessen, was er gleich tun würde, richtig bewusst wurde. Nervosität und freudige Erwartung rangen in ihm, als er von Cam herunterkletterte und sich aufs Bett legte. Er griff nach seinem Schwanz und massierte ihn ein wenig, da seine Erektion während ihrer kurzen Diskussion etwas nachgelassen hatte.

Es gab ein Klickgeräusch, dann flutete sanftes Licht das Zimmer. Cam saß auf der Bettkante und wühlte in der Nachttischschublade. Sein breiter Rücken war Alex zugekehrt und blockierte das Licht. Alex erschauerte erwartungsvoll, und sein Schwanz wurde wieder hart.

Als Cam sich umdrehte, lächelte er sanft, und in seinen Augen lag etwas, das Alex' Herz schwellen und seine Ängste verschwinden ließ. Der Anblick von Cams Schwanz, der steil in die Höhe stand, weckte in Alex das Verlangen, ihn in sich zu spüren, obwohl er bislang nie mehr als einen seiner eigenen Finger in sich gehabt hatte.

Er vertraute Cam.

„Dreh dich um, sodass du flach auf dem Bauch liegst", sagte Cam. Seine Stimme war sanft, und dennoch hatte sie diesen leichten Befehlston von vorhin.

Als Alex auf dem Bauch lag, mit dem Kopf auf seinen Unterarmen, spürte er, wie sich die Matratze senkte – Cam kletterte hinter ihm aufs Bett. Er drückte Alex' Beine weiter auseinander, und Alex ließ sich von ihm einfach so bewegen, wie Cam ihn haben wollte. Kräftige Hände ergriffen seine Arschbacken und zogen sie auseinander, dann wurde Alex erneut mit Cams Zunge belohnt, die über seinen Eingang fuhr. Schon kurz darauf war Alex wieder an dem Punkt, wo er mehr wollte.

„Bitte, Cam", stöhnte er, ohne genau zu wissen, worum er eigentlich bat. Er hob sein Becken und rieb sich am Laken, so dass sein Ständer, der unter ihm gefangen war, etwas Stimulation bekam.

Cam bewegte sich hinter ihm. Alex hörte etwas rascheln und das Geräusch eines Flaschendeckels. Dann setzte Cam sich rittlings über Alex, beugte sich tief hinab und küsste seinen Nacken, bevor er sich langsam an Alex' Wirbelsäule entlang abwärts arbeitete. „Du bist so wunderschön", sagte er. Glitschige Finger rieben Alex' Loch. Wimmernd drückte er sich dagegen, worüber Cam leise lachen musste. „Wunderschön und ungeduldig. Aber wir müssen es langsam machen, wenn es dein erstes Mal ist. Entspann dich einfach und überlass alles andere mir. Ich werde es dir schön machen." Cam drückte mit den Knien Alex Beine weiter auseinander, dann schob er ihm einen Finger hinein.

Alex keuchte und verspannte sich, aber dann zwang

er sich zu tun, was Cam ihm gesagt hatte, und entspannte bewusst seinen Körper. Sofort glitt Cams Finger mühelos hinein, entzündete geheimnisvolle Nervenenden und sandte ein lustvolles Kribbeln durch Alex' Körper. Alex verlor jedes Zeitgefühl, während Cam ihn mit seinem Finger fickte. Nach einer Weile verspürte er kurz ein brennendes Gefühl, als Cam einen zweiten Finger hinzufügte, und verspannte sich erneut, bevor er auch diesen akzeptierte. Dann schwebte er wieder und verlor sich in dem Gefühl seines Ständers, der sich am Laken rieb, während er sich im Gegenrhythmus zu Cams Fingern in ihm vor und zurück bewegte.

„Bist du bereit für meinen Schwanz?", fragte Cam.

„Ja." Alex war mehr als bereit. Er war voller Erwartung und drängendem Verlangen, und er ersehnte diese Vereinigung mehr als alles andere. Er sog scharf den Atem ein, als Cam seine Finger herauszog. Sein Körper schien sie festhalten zu wollen, und die Reibung fühlte sich unangenehm an, als sie herausrutschten.

„Tut mir leid. Ich werde viel Gleitmittel benutzen. Komm hoch." Cams starke Hände halfen Alex, sich auf alle viere zu erheben. „So ist es perfekt. Gott, du siehst so scharf, Alex."

Alex schaute über seine Schulter und bewunderte Cam einen Moment lang. Es erschien ihm beinahe grotesk, dass ein so vollkommen aussehendes menschliches Wesen Alex scharf finden würde, aber Alex hatte nicht vor, sich zu beschweren. Er ließ den Kopf nach vorn fallen, als Cam sich hinter ihm positionierte. Dann spürte er einen Druck an seinem Loch, wo Cam seinen Ständer aufreizend auf und ab gleiten ließ, jedoch nicht fest genug drückte, um einzudringen.

„Cam, bitte …" Alex hob frustriert die Stimme.

„Ja. Du willst es?" Cam klang heiser, angespannt vor Verlangen.

„Ja." Alex schob seinen Hintern zurück. Sie beide keuchten, als die Eichel eindrang. Gierig nach mehr schob Alex sich heftiger dagegen und bereute es sofort, als er einen scharfen Schmerz fühlte. „Autsch, Scheiße!" Er erstarrte, genau wie Cam.

„Alles in Ordnung?"

„Ja, na ja … nicht wirklich. Gib mir eine Minute", antwortete Alex mit zusammengebissenen Zähnen. Seine Erektion hatte sich verflüchtigt – der Schmerz war wie ein Eimer mit Eiswasser für seine Lust.

„Atmen."

Cams warme Hände streichelten über Alex' Rücken bis hinauf zu seinen Schultern, massierten die Muskeln dort, während Alex einen langsamen, tiefen Atemzug nahm. Als er wieder ausatmete, ließ der Schmerz nach und machte einem Gefühl von Druck und Dehnung Platz, das ungewohnt war, aber irgendwie gut.

„Bist du ganz drin?", fragte Alex.

„So gut wie." Cam klang amüsiert. „Du warst … ungeduldig."

„Ja, nun – ich habe ziemlich lange auf das hier gewartet." Die Worte waren heraus, bevor Alex sie aufhalten konnte. Aber Cam reagierte nicht darauf.

„Willst du den Rest?"

„Ja. Tu es."

Der letzte Stoß von Cams Schwanz raubte Alex den

Atem. Es tat nicht mehr weh, aber das Gefühl, so voll zu sein, war intensiv.

Cam zog sich zurück, dann drang er langsam wieder ein. Das machte er einige Male. „Wie fühlt sich das an?“

„Bizarr“, antwortete Alex atemlos. Sein eigener Schwanz zeigte erneut Interesse. Alex griff unter sich und drückte, froh darüber, dass seine Erektion zurückkehrte.

„Gut bizarr oder schlecht bizarr?“

„Auf jeden Fall gut bizarr.“

Und dann fickte Cam ihn und erhöhte nach und nach das Tempo und die Kraft hinter seinen Hüftstößen. Und Alex spürte, wie sein ganzer Körper erwachte, wie die Erregung sich erneut aufbaute. Mit einer Hand an seinem Ständer und Cams Schwanz in seinem Arsch, merkte Alex, wie er sich schnell seinem Höhepunkt näherte, und dieses Mal wollte er sich nicht zurückhalten. „Ich glaube, ich komme bald.“

„Oh, Gott sei Dank dafür“, sagte Cam atemlos. „Ich nämlich auch.“

Alex lachte. Unbändige Freude stieg in ihm auf. Er wichste seinen Schwanz schneller, und Cam hielt sich nicht zurück und rammelte ihn geradezu. Das Bett quietschte und knallte gegen die Wand, und Alex kümmerte es nicht im Geringsten, ob Wicksy aufwachen und sie hören würde. Nur wenige weitere Handbewegungen, nur noch ein paar Stöße von Cams Schwanz, und dann kam er. Weiß-glühende Lust explodierte in seinem Körper, und er spritzte auf Cams Bett ab. „Oh Gott, ja!“, schrie er. Und Cam stöhnte laut und drang noch einmal tief ein. Seine Hüften zuckten unkontrolliert, als auch er kam.

Schließlich hielten sie beide ganz still, bewegungslos und schwer atmend. Cam sprach als Erster. „Geht es dir gut?"

„Es geht mir fantastisch", antwortete Alex in einem glückseligen, postkoitalen Rauschzustand.

Cam beugte sich nach vorn und küsste Alex auf die Schulter, bevor er behutsam seinen Schwanz herauszog. Alex ließ sich dankbar auf den Bauch fallen, ohne sich um den feucht-klebrigen Fleck im Laken zu kümmern, während Cam das Kondom entsorgte. Dann war Cam erneut neben Alex, legte einen Arm um dessen Schultern und küsste ihn auf die Wange. „Das war toll", murmelte er.

Alex, der nun schläfrig wurde, drehte sich auf die Seite, damit er Cam auf den Mund küssen konnte. Kichernd zog er den Kopf zurück. „Du riechst nach meinem Hintern."

„Sorry."

„Ich beschwere mich nicht." Alex küsste ihn, dann gähnte er ausgiebig.

„Wir sollten jetzt schlafen", sagte Cam. „Du musst früh raus, oder?"

„Ja. Ach, ich muss den Wecker auf sieben stellen." Alex hievte sich mühsam vom Bett hoch. Er fand sein Handy und stellte den Alarm ein. Dann ließ er es vor dem Bett auf dem Boden liegen und schlüpfte zum Schlafen wieder in seine Boxershorts.

Auch Cam zog seine Unterhose an, dann krabbelten sie wieder ins Bett. Nachdem Cam das Licht ausgemacht hatte, fragte er: „Willst du kuscheln?"

Alex wurde es ganz warm ums Herz. „Ja."

„Großer Löffel oder kleiner Löffel?"

„Kleiner."

Alex drehte sich auf die Seite, und Cam schmiegte sich von hinten an ihn. Mit dem Gewicht von Cams Arm auf seiner Hüfte und der Wärme von Cams Atem in seinem Nacken fühlte Alex sich so sicher und behaglich wie nie zuvor. Das Einzige, was das Gefühl störte, war diese kleine Stimme in seinem Hinterkopf, die fragte: Und was passiert jetzt?" Aber Alex war müde genug, um sie zu ignorieren. Er konnte sich auch morgen noch über die Konsequenzen Sorgen machen. Jetzt würde er einfach die Nacht genießen.

FÜNFZEHN

Cam erwachte kurz nach neun mit dröhnenden Kopfschmerzen und einem Mund, der sich wie ein schmutziger Teppich anfühlte. Er brauchte einen Augenblick, um sich daran zu erinnern, wieso er auf einer Seite des Bettes lag, mit reichlich Platz neben sich, anstatt wie sonst ausgestreckt in der Mitte. Als sein schlaftrunkenes Hirn die Ereignisse der vergangenen Nacht wieder zusammensetzte, schlug sein Magen einen Purzelbaum.

Sein Schwanz wurde hart, und Cam drückte ihn durch den Stoff der Boxershorts, während ihm zusammenhanglose Bilder dessen, was er und Alex getan hatten, durch den Kopf schossen. Gott, es was so gut gewesen. Alex war sich so sicher gewesen, was er wollte, so empfänglich für alles, was sie probiert hatten. Cam wünschte, er wäre nüchtern gewesen und würde sich besser an all die Details erinnern können. Aber er wusste noch genau, dass es Alex gewesen war, der Cam gebeten hatte, ihn zu ficken. Und er war sich ganz sicher, dass Alex es genauso genossen hatte wie er selbst.

War es ein Fehler?

Nein. Cam konnte nicht bereuen, was sie getan hatten. Dennoch hatte er ein flaues Gefühl in der Magengegend. Wie ging es nun weiter? Und was bedeutete es für ihre Freundschaft? Cam musste nachdenken. Er musste sich darüber klarwerden, was zum Henker er eigentlich wollte, damit er endlich ehrlich gegenüber Alex sein konnte.

Cam stand auf und schlüpfte in eine Jogginghose und ein T-Shirt. Unten in der Küche setzte er Wasser auf und machte sich eine große Schüssel Cornflakes mit Milch. Sobald der Tee fertig war, trug er seine Tasse und sein Frühstück ins Wohnzimmer, wo Wicksy immer noch auf dem Sofa lag und fest schlief. Er schnarchte wie ein Nilpferd.

„Großer Gott, stinkt das hier drin." Der Geruch von schalem Bier rang mit dem eindeutigen Aroma von Fürzen. Cam stellte seine Sachen auf dem Couchtisch ab und ging ein Fenster öffnen.

„Arrchh ..." Wicksy ächzte und öffnete sie Augen. Er blinzelte Cam an. „Ich fühl' mich scheiße."

„Wundert mich nicht. Du warst ganz schön breit gestern Abend."

„Muss ich wohl, wenn ich auf dem Sofa eingepennt bin und dann die ganze Nacht hier gelegen habe." Er setzte sich auf und rieb sich mit seinen Handballen die Augen. Dann schaute er Cam aus glasigen Augen an und runzelte verwirrt die Stirn. „Wo hat Alex geschlafen? In meinem Zimmer?"

„Nein." Cam konzentrierte sich auf seine Cornflakes und mied Wicksys Blick. „In meinem."

„Ach ja?", fragte Wicksy in einem wissenden Tonfall. „Das wurde auch verdammt mal Zeit."

„Was? Vielleicht haben wir einfach nur zusammen geschlafen – also tatsächlich geschlafen, und sonst nix."

„Habt ihr aber nicht, oder?" Schließlich sah Cam Wicksy an, dessen Miene pures Vergnügen widerspiegelte. „Ich weiß das, weil du gerade total rot wirst."

„Gar nicht", widersprach Cam sinnloserweise – er fühlte tatsächlich, wie ihm Hitze in die Wangen stieg.

„Hast du ihn gefickt?"

Cam warf ihm einen scharfen Blick zu. „Das geht dich nicht das Geringste an."

„Alter. Ich freue mich für dich. Wirklich. Wie ich sagte, es wurde verdammt nochmal Zeit, dass ihr die Köpfe aus euren Ärschen zieht und akzeptiert, dass ihr zwei füreinander bestimmt seid."

Cam hob die Brauen und sagte: „Seit wann bist du denn ein solcher Romantiker?"

„Seit ich monatelang mitansehen musste, wie ihr beide euch gegenseitig anhimmelt. Ganz offensichtlich mögt ihr euch und steht total aufeinander. Für mich sieht das wie das einzig Wahre aus, also wieso seid ihr noch nicht fest zusammen? Ich meine, ich verstehe, warum du am Anfang vorsichtig warst, nachdem du herausgefunden hattest, wer sein Vater ist, und weil Alex erst siebzehn war und alles. Aber es hat sich doch jede Menge geändert seitdem."

„Aber wir sind so gute Freunde. Das wollte ich nicht gefährden. Erinnerst du dich an Leanne?"

„Ja. Aber Alex ist nicht Leanne. Und du bist jetzt älter und klüger und weißt dieses Mal, was du willst. Außerdem ... wenn ich letzte Nacht gefickt habt, ist *der* Zug jetzt sowieso abgefahren." Wicksy zuckte die Achseln.

„Die Dinge sind jetzt kompliziert, egal, was als Nächstes passiert. Du kannst das nicht ungeschehen machen, also kannst du genauso gut ehrlich zu ihm sein und es mit ihm versuchen, anstatt so ein Weichei deswegen zu sein."

„Ja. Sieht ganz so aus."

Wicksy redete brutal Klartext, aber Cam musste zugeben, dass er recht hatte. Die letzte Nacht war unglaublich gewesen, aber vielleicht zugleich der Katalysator, den Cam gebraucht hatte, um endlich klare Verhältnisse zu schaffen und herauszufinden, was zur Hölle zwischen ihm und Alex war. Sie mussten reden. Es war höchste Zeit für Cam zuzugeben, dass er etwas für Alex empfand, und Alex fragte, was *er* wollte. Cam konnte nur hoffen, dass Alex mehr von ihm wollte als nur ein bisschen unverbindlichen Spaß, denn sollten er und Alex ein Paar werden, wollte Cam keine lockere Beziehung. Er wollte etwas Festes.

„Also redest du mit ihm?"

„Ja. Später. Er arbeitet bis vier."

ALEX' Frühschicht im Rainbow Place begann recht ruhig, wie immer Samstagmorgens, aber nach und nach wurde es voller, während die Stadt erwachte. Alex arbeitete an diesem Tag als Kellner, und ab neun Uhr bereitete er eine Tasse Kaffee nach der anderen zu und brachte Essen zu den Tischen. Seine Stimmung schwankte heftig zwischen super und mies, und komplizierte Emotionen drehten ihm den Magen um. In das Hochgefühl über das, was er und

Cam getan hatten, mischte sich die Sehnsucht danach, es wieder zu tun, unterlegt mit der quälenden Unsicherheit darüber, wie es jetzt zwischen ihnen weitergehen würde. Würde Cam noch einmal Sex mit Alex haben wollen? Vielleicht würde er nun noch einmal über das Angebot einer Freundschaft mit Extras nachdenken. Oder würde er sich zurückziehen und darauf bestehen, weiterhin nur Freunde zu sein? Alex seufzte. Er war über den Punkt hinaus, in Cam nur einen platonischen Freund zu sehen. Selbst falls das alles war, was er bekommen konnte, würde sich Alex von nun an nie mehr damit zufriedengeben können. Nicht nach letzter Nacht.

Sie mussten reden, aber dafür war keine Zeit mehr gewesen – selbst wenn Cam wach geworden wäre. Aber er hatte tief und fest geschlafen, trotz Alex' Wecker, und Alex hatte sich aus dem Zimmer geschlichen, ohne Cam zu stören. Er fragte sich, ob Cam inzwischen wach war, und falls ja – wie dachte er über ihre gemeinsame Nacht? Er wollte Cam eine Textnachricht schreiben, wusste aber nicht, was er sagen sollte. Danke für die tolle Nacht klang abgedroschen, und das Gespräch, das sie dringend führen mussten, ließ sich nicht übers Handy erledigen. Sie mussten von Angesicht zu Angesicht miteinander sprechen.

Alex war so abgelenkt, dass ihm bei einigen Bestellungen Fehler unterliefen, was sehr untypisch für ihn war. Nach der dritten Reklamation nahm Seb ihn zur Seite.

„Ist alles in Ordnung, Alex?"

„Ja. Na ja, gewissermaßen. Ich weiß nicht." Er hatte gerade nicht wirklich die Zeit, die Komplexität seines Liebeslebens zu erläutern, während Gäste darauf warteten, bedient zu werden. „Die Dinge zwischen mir und Cam sind ein bisschen kompliziert geworden."

„Gut kompliziert oder schlecht kompliziert?"

„Ich bin mir noch nicht sicher." Alex wagte nicht, sich Hoffnungen zu machen.

Seb musterte ihn mit besorgter Miene. „Denk daran ... falls dir deine Wohnsituation dort Schwierigkeiten bereitet, kannst du immer noch mein Gästezimmer haben, wenn du willst. Wenn es dir lieber ist, kannst du einfach eine wöchentliche Extraschicht einlegen, anstatt Miete zu zahlen."

Alex ignorierte den spontanen Impuls, das Angebot abzulehnen, und erwog es stattdessen ernsthaft. „Ja", antwortete er schließlich. „Vielleicht ist das wirklich eine gute Idee. Danke, Seb."

Nach letzter Nacht würde Alex nicht mehr damit klarkommen, mit Cam zusammenzuwohnen, sollte der darauf bestehen, wieder nur Freunde zu sein. Die gegenseitige Anziehung ließ sich nicht mehr leugnen und würde die Situation unerträglich machen. Auch wenn Alex derjenige gewesen war, der vorgeschlagen hatte, einfach nur etwas Spaß zu haben – in Wirklichkeit musste er eingestehen, dass er dazu nicht fähig war. Ganz gleich, wie gut der Sex war, Alex brauchte mehr von Cam. Wenn er bei Cam wohnte, war die Versuchung einfach zu groß, und Alex wollte nicht in einer Lage enden, wo er nahm, was er kriegen konnte, während er sich die ganze Zeit nach mehr sehnte. Irgendwann würde er es nicht mehr aushalten und es am Ende Cam verübeln, und das wollte Alex nicht.

Und falls Cam entschied, dass er mehr wollte als Freundschaft – was Alex kaum zu hoffen wagte – wäre es vielleicht dennoch besser für sie, etwas Abstand zu haben, während sie ihre Beziehung neu definierten. So eng zusammenzuhocken, machte alles sehr intensiv. Getrennte Wohnungen könnten den Druck herausnehmen und vielleicht helfen, dass sich die Dinge zwischen ihnen natürlicher entwickelten.

„Keine Ursache, ich tue das gern." Seb lächelte. „Also gut, ich muss wieder an die Arbeit, und du ebenfalls. Bitte versuch, die Malheurs für den Rest des Tages auf ein Minimum zu begrenzen."

„Ja, mache ich. Tut mir leid." Alex ließ den Kopf hängen. Er wusste, es schadete Sebs Geschäft, wenn Essen und Getränke in den Müll wanderten, weil er Fehler machte.

Seb klopfte Alex auf die Schulter. „Das kann jedem mal passieren."

KURZ NACH DEM Mittag trug Alex ein Tablett voll mit Kaffee und Kuchen zu einem Tisch mit Stammgästen – er nannte sie bei sich gern die „Silber-Einheit" – eine Gruppe älterer Damen, die den Rainbow Place vom Tag der Eröffnung an eisern unterstützt hatten.

„Karamell-Latte?"

„Das ist deiner, oder, Marge?", sagte eine der Frauen und schob die Tasse über den Tisch.

„Und Regenbogentorte."

„Hier, bitte!" Eine Frau mit einer stacheligen, weißen Kurzhaarfrisur, die ein bisschen aussah wie eine Pusteblume, hob die Hand. „Wunderbar. Dank, Liebes." Sie strahlte Alex an, als er den Teller vor sie hinstellte.

„Gerne. Lassen Sie es sich schmecken."

Als Alex sich umdrehte, um zurück in die Küche zu gehen, erstarrte er. Im Eingang des Cafés stand seine Mutter, umklammerte ihre Handtasche und schaute sich nervös um. Alex war unschlüssig, ob er sie begrüßen oder lieber wie der Blitz in der Küche verschwinden sollte, bevor sie ihn entdeckte. Aber dann wurde ihm die Entscheidung abgenommen, als ihre Augen aufleuchteten und sie ihn nervös anlächelte.

Mit klopfendem Herzen versuchte Alex, seinen Mund zu etwas zu verformen, das einem Lächeln glich, aber er zweifelte, dass es ihm besonders überzeugend gelang. Rainbow Place war Alex' sicherer Ort. Als er noch bei seinen Eltern gewohnt hatte, war es sein Zufluchtsort gewesen, und jetzt war es auch sein Arbeitsplatz. Die Anwesenheit seiner Mutter rüttelte mächtig an diesem Bild und er sträubte sich innerlich mit einem gehörigen Maß Bitterkeit dagegen. *Was zur Hölle will sie hier?*

Sie begann, auf ihn zuzugehen, also kam Alex ihr auf halbem Weg entgegen.

„Was willst du?", fragte er sie ruppig. Ihm war bewusst, wie brüsk er sich anhörte, aber er fand nicht, dass er ihr besonderen Respekt schuldete. Sie hatte sich auf die Seite seines Vaters geschlagen, obwohl der im Unrecht war, und sie hatte keinen Versuch gemacht, mit Alex in Kontakt zu treten, seit er sein Elternhaus verlassen hatte.

„Ich wollte mit dir reden."

„Du hättest anrufen können. Vielleicht will ich ja nicht mit dir reden."

„Alex, bitte." Sie legte eine Hand auf seinen Arm.

Er schüttelte sie ab. „Ich bin sowieso zu beschäftigt, als passt es gerade nicht."

„Ist alles in Ordnung, Alex?" Seb näherte sich mit einem argwöhnischen Blick auf Alex' Mutter.

„Ja. Alles gut. Ich habe meiner Mutter gerade erklärt, dass ich zu viel zu tun habe, um mit ihr zu reden."

Sie begegnete seinem wütenden Blick. Alex war überrascht, Tränen in ihren Augen zu sehen, aber sie biss entschlossen die Zähne zusammen. „Ich kann warten, bis deine Schicht zu Ende ist, falls nötig." Damit ging sie zum nächsten Tisch, zog einen Stuhl heraus und setzte sich.

Seb wandte sich zu Alex. „Willst du, dass ich sie bitte zu gehen?"

„Nein, schon gut." Alex senkte seine Stimme. „Ich werde in ein paar Minuten mit ihr reden, wenn es für dich okay ist, dass ich eine kleine Pause mache? Aber ich will sie ein bisschen schmoren lassen."

„Vollkommen einverstanden. Mit beidem." Seb grinste, dann ging er zurück an die Kasse.

Als Alex am Tisch seiner Mutter vorbeiging, sagte sie: „Kann ich eine Tasse Tee bestellen?"

„Kannst du. Aber du musst dich anstellen und am Tresen bezahlen. Wir nehmen keine Bestellungen an den Tischen entgegen."

„Oh. Ja, gut." Sie errötete. „Dann mache ich das."

Alex ließ sie sowohl auf den Tee als auch auf seine Gesellschaft warten. Etwa fünfzehn Minuten, nachdem sie bestellt hatte, ging er schließlich mit ihrem Tee und einem Latte für sich selbst zu ihrem Tisch. Seb hatte gesagt, er könnte sich so viel Zeit nehmen, wie er brauchte, aber Alex hatte vor, es kurz zu machen.

„Danke", sagte seine Mutter, als Alex die Teekanne, Tasse und Milch vor ihr abstellte.

Er nahm den Stuhl gegenüber von ihr. „Also, was hast du zu sagen?" Alex lehnte sich zurück und verschränkte seine Arme. Innerlich tat es ihm weh, aber er war entschlossen, sich nichts anmerken zu lassen.

„Ich wollte dir sagen, dass es mir leidtut." Sie schaute ihm in die Augen, ohne mit der Wimper zu zucken, und in ihrem Blick lag Bedauern. Aber das reichte Alex nicht. Er schwieg und wartete auf mehr. „Es tut mir leid, dass ich dich im Stich gelassen habe, dass ich dich nicht unterstützt habe, als dein Vater ... als ich euch entzweit hattet."

„Du meinst, als er mir ins Gesicht geschlagen hat, weil er herausgefunden hatte, dass ich schwul bin?"

Sie errötete. „Ja. Das. Er war im Unrecht, Alex, und ich war ebenfalls im Unrecht, weil ich ihm nicht die Stirn geboten habe." Mit zitternder Hand goss sie sich Tee ein, und fügte Milch hinzu, bevor sie fortfuhr: „Ich habe viel im Internet gelesen, über sexuelle Ausrichtung und darüber, wie man ein Verbündeter sein kann. Ich will es besser machen, Alex. Ich liebe dich." Ihre Augen glänzten feucht. „Du bist mein einziges Kind, und ich will dich nicht verlieren."

„Was ist mit Papa? Wie steht er dazu?"

Sie schüttelte den Kopf und presste die Lippen zusammen. „Ich habe nicht mit ihm darüber gesprochen. Aber ich glaube nicht, dass sich seine Haltung dazu geändert hat. Er ist wütend. Er versteht es nicht, und er will auch gar nicht versuchen, es zu verstehen. Aber ich will es versuchen. Wenn du mich lässt?"

Alex' Herz wurde etwas weicher. Zumindest taute es

ein wenig an den Rändern auf. „Kann schon sein“, sagte er vorsichtig. „Wie hattest du dir das vorgestellt? Ich werde nicht nach Hause kommen“, fügte er hinzu. „Nicht, solange er da lebt. Nicht, bevor er nicht zu mir kommt und sich entschuldigt, so wie du es jetzt getan hast, und selbst dann – ich weiß nicht, ob ich seine Gegenwart ertragen kann nach dem, was er mir angetan hat.“ Er nahm seine Tasse und trank einen Schluck.

„Ich dachte mir, wir könnten uns vielleicht ab und zu treffen, so wie jetzt.“ Sie lächelte verhalten. „Nur auf einen Kaffee, um ein bisschen zu reden. Ich weiß, es wird Zeit brauchen, bis du mir wieder vertrauen kannst, aber irgendwo müssen wir ja anfangen.“

Sie starrten einander an – Alex argwöhnisch, seine Mutter voller Hoffnung. Er spürte, dass sich etwas geändert hatte. Dieses Maß an Aufrichtigkeit war neu, und dass seine Mutter mit ihm wie mit einem Erwachsenen redete, ebenfalls. Sie begegnete ihm auf Augenhöhe und behandelte ihn wie jemanden, der seine eigenen Entscheidungen treffen konnte. „Weiß Papa hiervon?“

Ihre Miene verdunkelte sich. „Nein. Aber das hier hat nichts mit ihm zu tun. Meine Beziehung zu dir geht nur mich etwas an“, sagte sie, und ihre Augen funkelten entschlossen.

Alex erkannte eine Kraft in seiner Mutter, die ihm zuvor noch nie aufgefallen war. Es gefiel ihm. „Okay. Versuchen wir es.“

„Oh, Alex. Danke“, stieß sie erleichtert hervor. „Danke, dass du mir eine Chance gibst.“ Ihr Lächeln war so breit und aufrichtig, dass Alex unwillkürlich zurücklächelte. Es entstand eine kurze, verlegene Pause, dann fragte sie:

„Also, dann erzähl mal, wie es dir jetzt so ergeht. Gefällt es dir, hier zu arbeiten?“

Während sie ihre Getränke tranken, erzählte Alex ihr von seiner Arbeit im Rainbow Place und seinen Fortschritten im Fernunterricht. Sie hörte ihm zu und stellte gelegentlich Fragen. Als ihre Tassen leer waren, sagte Alex: „Ich sollte jetzt lieber wieder an die Arbeit gehen.“

„Wo wohnst du denn jetzt?“, fragte seine Mutter. „Das hast du gar nicht erwähnt.“

Alex zögerte. „Ich habe bis jetzt bei Freunden gewohnt. Aber ich werde bei Seb einziehen, dem Besitzer des Cafés. Er hat ein freies Zimmer, das er mir angeboten hat.“

„Oh, okay. Ich bin froh, dass du einen Platz zum Wohnen hast. Ich kann es dir nicht übelnehmen, dass du nicht mehr nach Hause kommen willst. Aber falls du je Geld für die Miete brauchen solltest, dann frag mich bitte. Ich werde dir auf jeden Fall helfen.“

„Würde Papa dir das erlauben?“ Alex hob skeptisch die Augenbrauen. Er konnte sich nicht vorstellen, dass sein Vater das billigen würde, und seine Mutter besaß kein eigenes Einkommen.

„Ich habe ein wenig Erspartes“, sagte sie. Dann senkte sie die Stimme und sah sich um, als würde sie befürchten, belauscht zu werden. „Ich habe etwas Geld von einer Großtante geerbt, von der dein Vater nichts weiß. Das habe ich heimlich beiseite gelegt.“

„Wieso?“

„Für den Fall, dass ich ihn je verlassen wollen würde.“ Da war erneut dieser Ausdruck fester Entschlossenheit.

„Hast du das vor?“

Sie zuckte leicht die Achseln. „Wir werden sehen.“

Dann wechselte sie das Thema und sagte: „Ich gehe dann jetzt besser und lass dich weiterarbeiten. Danke, dass du mit mir geredet hast. Und dass du uns eine Chance gibst." Sie stand auf, nahm ihre Handtasche und schlang sie sich über die Schulter.

„Schreib mir eine Nachricht." Alex erhob sich ebenfalls. „Dann können wir uns bald wieder treffen." Ihm gefiel diese neue Version seiner Mutter, die gegen die Wünsche seines Vaters ging und eigene Geheimnisse hütete, ausnehmend gut. Es würde spannend sein, sie besser kennenzulernen.

Sie trat auf ihn zu, und Alex neigte den Kopf in Erwartung der üblichen Luftküsse auf beide Wangen. Stattdessen zog sie ihn in ihre Arme und rückte ihn fest an sich. Er erwiderte die Umarmung, und ihm wurde ganz warm in der Brust angesichts der unerwarteten Zuneigung. „Ich liebe dich", sagte sie leise, sodass nur er es hören konnte.

Alex war noch nicht so weit, die Worte zu erwidern, aber er drückte sie ein wenig fester. Vielleicht würde er eines Tages in der Lage sein, mit denselben Worten zu antworten.

UM DIE ZEIT, da Alex von der Arbeit zurückkehren würde, war Cam das reinste Nervenbündel. Wicksy hatte sich rar gemacht, damit sie Privatsphäre zum Reden hatten, und war in den Park gegangen, um mit ein paar Freunden vom Rugby-Team Fußball zu spielen.

Bevor er gegangen war, hatte er Cam umarmt. „Ich werde danach wahrscheinlich noch ein Bier trinken gehen und erst spät nach Hause kommen. Viel Glück, Kumpel."

Da Cam einfach nicht zur Ruhe kam, beschloss er, den Haufen schmutzigen Geschirrs in der Küche wegzuspülen. Es war zwar überwiegend Wicksys Hinterlassenschaft, aber so hatte er wenigstens etwas zu tun. Nachdem er die Spüle saubergemacht und alle Oberflächen blitzblank geputzt hatte und gerade mit dem Herd anfangen wollte, ertönte das Geräusch des Schlüssels in der Tür. Sein Herzschlag beschleunigte sich, als er Alex hereinkommen hörte.

„Hi", rief Cam.

„Oh, hey." Alex betrat die Küche und schenkte Cam ein nervöses Lächeln. Dann schaute er sich um und sagte: „Wow. Du warst fleißig. So sauber habe ich die Küche noch nie gesehen."

Cam warf den Putzlappen in die Spüle und trocknete sich die Hände mit einem Geschirrtuch ab. „Wie war dein Tag?"

„Okay, danke. Meine Mutter ist ins Café gekommen, um mich zu sehen."

„Oh, Scheiße. Wie ist es gelaufen?" Cam war über die komplette Funkstille seit Alex' Auszug entsetzt gewesen. Nicht so sehr, was den Vater betraf – wahrscheinlich war es eher gut, dass er Alex in Ruhe ließ. Aber dass Alex' Mutter nicht einmal gefragt hatte, ob es ihm gut ging, fand Cam schrecklich. Alex hatte nicht viel dazu gesagt, aber es musste wehgetan haben.

„Es lief ziemlich gut, glaube ich. Sie war ... anders. Sie hat sich dafür entschuldigt, nicht zu mir gestanden zu haben, und hat zugegeben, dass mein Vater im Unrecht war. Das hat sie vorher noch nie gemacht."

„Tja, das ist gut", sagte Cam verhalten. „Wirst du dich wieder mit ihr treffen?"

„Ja. Wir haben verabredet, uns hin und wieder zu sehen. Ich bin froh darüber."

Sie verfielen in Schweigen und sahen sich an. Cam hatte das Gefühl, jeden Moment zu platzen wegen all der Dinge, die er sagen wollte. Aber er wusste nicht, wo er beginnen sollte.

„Wir müssen–", fing er an, und im selben Moment stieß Alex hervor: „Cam, ich glaube, wir–"

Beide verstummten.

„Du zuerst", sagte Alex.

Cam holte tief Luft. „Wir müssen reden."

Alex lachte nervös. „Japp. Ich bin froh, dass wir zumindest darüber auf der gleichen Wellenlänge sind. Sollen wir auf dein Zimmer gehen, damit wir Ruhe haben?"

„Nicht nötig. Wicksy wird nicht so bald nach Hause kommen. Wohnzimmer?"

„Okay."

Cam folgte Alex ins Wohnzimmer, wo sie an den entgegengesetzten Enden des Sofas Platz nahmen, die Gesichter einander zugewandt. Alex' Bein hüpfte nervös auf und ab, und er zupfte an seinen Fingernägeln. Er wirkte genauso gestresst, wie Cam sich fühlte.

„Also." Cam wünschte, er hätte sich besser vorbereitet. Er war sich über seine Gefühle im Klaren, aber hatte sich nicht wirklich überlegt, wie er sie in Worte fassen sollte. „Ich weiß, ich habe die ganze Zeit gesagt, dass wir besser nur Freunde sein wollten, aber ... jetzt will ich mehr."

Alex hob den Kopf, um Cam in die Augen zu sehen, und in seinem Ausdruck spiegelte sich Hoffnung, aber auch Skepsis. „Wieso jetzt? Nur weil wir letzte Nacht gefickt haben?"

„Nein“, antwortete Cam. „Ich will schon seit einer ganzen Weile mehr, aber ich hatte Angst vor dem, was das für unsere Freundschaft bedeuten könnte. Ich habe versucht, den Abstand zwischen uns zu bewahren, und wollte nicht zugeben, dass sich meine Gefühle dir gegenüber verändert haben. Aber heute habe ich viel darüber nachgedacht, was ich eigentlich will.“

„Und das wäre?“ Alex schaute ihn eindringlich an; es war, als würde er direkt ins Cams Seele blicken.

„Ich will dich als meinen festen Freund. Ich will eine Beziehung mit dir ... und keine lockere. Als du den Vorschlag gemacht hast, unverbindlich etwas miteinander anzufangen, wurde mir klar, dass mir das nicht reichen würde. Ich kann mit dir keine halben Sachen machen, Alex. Du bist als Freund in mein Leben getreten, aber die Anziehung war von Anfang an da und ließ sich schwer ignorieren. Ich weiß nicht genau, wann ich mich in dich verliebt habe, aber das ist es, was passiert ist. Ich liebe dich, Alex, und ich will mit dir zusammen sein – wenn du mich ebenfalls willst. Es tut mir leid, dass ich so lange gebraucht habe, um meinen Kopf aus meinem Hintern zu ziehen und es zuzugeben.“

Alex' Lippen verzogen sich zu einem Lächeln, das immer breiter wurde und schließlich sein ganzes Gesicht erstrahlen ließ. „Du hast wirklich ein Weilchen gebraucht.“

„Also, was sagst du?“ Cam saß auf heißen Kohlen und versuchte, nicht zu sehr zu hoffen für den Fall, dass sein Traum zerplatzen sollte.

„Hmm. Ich brauche wahrscheinlich etwas Zeit, um darüber nachzudenken.“ Alex' Lächeln war nun geradezu teuflisch.

Cam starrte ihn an. „Alex!"

„Okay, okay. Ja. Natürlich sage ich ja, du Idiot. Du musst doch wissen, dass ich von Anfang an mehr wollte als nur Freundschaft. Das hat sich nie geändert."

Erleichterung und unbändige Freude überwältigten Cam. „Du hast mir einen Moment lang Angst gemacht, du kleiner Scheißer!"

„So redet man doch nicht mit seinem festen Freund", sagte Alex. „Jetzt komm her und küss mich."

Cam rutschte näher zu Alex und legte eine Hand an dessen Wange. Alles Witzeln und Necken war nun vorbei, und sie sahen einander mit einer Eindringlichkeit in die Augen, die Cams Herz packte wie eine Faust. „Ich meinte es ernst, als ich sagte, dass ich dich liebe."

Alex gab ihm einen kurzen Kuss auf den Mund. „Ich liebe dich auch."

Cams Brust schwoll vor Glück. „Seit wann?"

„Ich weiß es nicht genau. Spielt es eine Rolle?"

„Nein, ich glaube nicht." Cam küsste Alex, und dieses Mal war der Kuss alles andere als kurz. Als Alex seine Lippen öffnete, ihre Zungen sich trafen und ihr Atem sich mischte, war nichts auf der Welt mehr von Bedeutung, außer dem Umstand, dass Alex in seinen Armen war und hoffentlich dort bleiben würde.

EPILOG

Ein Monat später

ALEX WAR VOLLER ELAN, als er und Cam gemeinsam den Hügel hinunter in die Stadt gingen. Es war Samstagmorgen, und Alex hatte den ganzen Tag frei. Letzte Nacht hatte er bei Cam geschlafen – so wie er nun die Hälfte der Zeit machte. Und die andere Hälfte der Nächte verbrachte Cam bei Alex in Sebs Gästezimmer. Sie scherzten oft darüber, dass sie eigentlich auch gleich weiterhin hätten zusammenwohnen können, da sie so gut wie nie getrennt Zeit verbrachten, aber, dass Alex bei Seb eingezogen war, hatte sich insgesamt als gute Entscheidung erwiesen. Alex hatte mehr Platz für sein Zeug und einen ruhigen Ort zum Lernen, falls nötig. Und Cam und Wicksy hatten wieder ein freies Wohnzimmer. Vielleicht würden Alex und Cam sich irgendwann etwas Eigenes zum Wohnen suchen wollen, aber für den Moment funktionierte alles bestens, so wie es war.

Er und Cam trafen Alex' Mutter zum Mittagessen, und obwohl es Alex nervös machte, sie einander endlich ordentlich vorzustellen, freute er sich auch darauf. Cam war Alex' Mutter nur das eine Mal begegnet, als sie zusammen mit Wicksy Alex' Sachen geholt hatten. Nun aber hatte Alex ein sehr viel besseres Verhältnis zu ihr und freute sich darauf, ihr Cam als seinen festen Freund vorzustellen. Sie wusste natürlich bereits von Cam – Alex hatte ihr während einer ihrer Kaffee-Verabredungen alles erzählt – aber sich zu dritt zum Essen zusammenzusetzen, würde ziemlich cool sein. Hoffte Alex jedenfalls.

„Vielleicht hätten wir uns woanders verabreden sollen als im Rainbow Place", dachte Cam laut, während sie unterwegs waren. „Ist es nicht ein bisschen komisch, an deinem freien Tag zum Essen ausgerechnet dahin zu gehen?"

„Das stört mich überhaupt nicht", sagte Alex. „Seit dem Tag der Eröffnung ist es mein Lieblingsplatz in ganz Porthladock, um abzuhängen. Und daran hat sich nichts geändert, nur weil ich jetzt da arbeite. Ich fühle mich dort sicher." Nicht, dass er erwartete, dass bei dem Treffen mit seiner Mutter irgendetwas schiefgehen würde, aber Rainbow Place hatte irgendetwas an sich, das Alex das Gefühl von Geborgenheit und Unterstützung vermittelte. In einem Lokal, das so eindeutig LGBT-freundlich war, konnte er sich entspannen und wohlfühlen.

„Okay, cool. Tja, ich habe auch nichts dagegen." Cam nahm seine Hand. „Das Essen ist immer gut, und dein Mitarbeiterrabatt ist ein Bonus."

Alex grinste ihn von der Seite an. „Ja. Den sollten wir in jedem Fall nutzen."

Da es an den Wochenenden um die Mittagszeit recht voll werden konnte, hatte Alex Seb gebeten, ihnen einen Tisch zu reservieren. Als sie ankamen, deutete Seb auf einen Tisch in einer Ecke, der für drei Personen eingedeckt war und ein Schild mit der Aufschrift *Reserviert* trug. Alex gab Seb das Daumen-hoch-Zeichen, dann setzten sie sich und studierten die Speisekarte.

„Ich weiß gar nicht, wieso ich mir die Mühe machen, in die Karte zu gucken. Ich weiß sowieso, dass ich den Schweinebauch nehme", sagte Cam. „Der war super, als wir das letzte Mal hier gegessen haben. Hat mich für alles andere ruiniert."

„Ich werde wohl den Cajun-Chickenburger nehmen." Alex überflog die anderen Optionen, obwohl er die Speise-karte eigentlich auswendig kannte.

„Deine Mutter ist da", sagte Cam leise.

Alex hob den Kopf und sah seine Mutter, die im Eingang stand und sich suchend umsah. Sein Herz schlug schneller. Er hob die Hand und winkte, und als sie ihn entdeckte, erwiderte er ihr Lächeln. Dann stand er auf und ging ihr entgegen, als sie den Raum durchquerte, um zu ihrem Tisch zu kommen. Cam erhob sich ebenfalls.

„Hallo, mein Schatz", begrüßte sie Alex voller Wärme. Sie nahm ihn fest in die Arme und küsste ihn auf die Wange. „Und Cam." Sie ließ Alex los und bot Cam ihre Hand an. „Es ist schön, dich wiederzusehen – unter angenehmeren Umständen dieses Mal." Ihre Wangen röteten sich ein wenig. Alex bewunderte sie für ihre Ehrlichkeit und dafür, dass sie die Vergangenheit und die eigenen Fehler nicht verleugnete.

„Absolut. Hallo, Mrs. Eliott."

„Sylvia bitte." Sie tätschelte Cams Hand, bevor sie sie losließ.

„Bitte setz dich, Sylvia." Cam zog für sie einen Stuhl heraus.

„Danke." Sie nahm Platz, während Alex und Cam ebenfalls wieder ihre Stühle einnahmen. Es war ein kleiner Tisch, der mit einer Seite an der Wand stand. Cam und Alex saßen einander gegenüber, und Alex' Mutter zwischen ihnen.

Sie nahm ihre Speisekarte. „Das sieht alles so wunderbar aus. Bisher habe ich hier immer nur Kuchen gegessen. Was könnt ihr mir empfehlen?"

„Der Schweinebauch ist fantastisch", sagte Cam.

„Ja, hört sich ganz so an, aber vielleicht nehme ich lieber etwas Leichteres ..." Sie studierte die Karte. „Ich nehme den warmen Lachssalat. Wisst ihr zwei schon, was ihr wollt? Ich lade euch ein."

„Bist du sicher?", fragte Alex. „Ich bekomme hier Nachlass, also solltest du mich bestellen lassen."

„Ich sagte, ich lade euch ein – aber ich benutze das gemeinsame Konto zum Bezahlen. Und dein Vater kann es sich leisten, den vollen Preis zu zahlen."

„Ich bin sicher, er wird begeistert sein zu erfahren, dass er für dein Essen mit mir und meinem festen Freund bezahlt", bemerkte Alex trocken.

„Das ist teilweise der Grund, warum es mir solche Befriedigung verschafft", antwortete seine Mutter. „Außerdem will ich das Beste daraus machen, weil ich nicht mehr lange ein gemeinsames Konto mit ihm haben werde." Sie grinste Alex an und wirkte sehr zufrieden mit sich selbst, als Alex sichtlich die Bedeutung hinter ihren Worten begriff.

„Mama ... bedeutet das, was ich denke, dass es bedeutet?"

„Ich verlasse ihn. Ich habe bereits mit einem Anwalt gesprochen und eine Mietwohnung ganz in der Nähe gefunden. Ich bin bereit zu gehen. Und heute Abend werde ich es ihm sagen."

„Heiliges Kanonenrohr!" Alex hatte gehofft, dass das irgendwann passieren würde, aber er hatte nicht so schnell damit gerechnet. „Brauchst du moralische Unterstützung, wenn du ihm die Neuigkeiten verkündest?"

„Mein Anwalt wird dabei sein. Keine Sorge, ich gehe keine Risiken ein nach dem, was er dir angetan hat." Ihre Miene verfinsterte sich einen Moment lang. „Ich weiß, er war schwierig und kontrollbesessen, aber ich habe nie wirklich geglaubt, dass er gewalttätig war. Was mit dir passiert ist, hat alles geändert, sobald ich aufgehört hatte, Rechtfertigungen für ihn zu suchen. Ich kann nicht länger mit ihm zusammenleben."

Stolz erfüllte Alex. Das konnte keine einfache Entscheidung für sie gewesen sein, nachdem sie sich jahrelang vor ihrem Mann geduckt hatte. „Ich bin so froh, dass du das tust."

„Ich auch. Ich hätte das schon vor Jahren tun sollen. Es tut mir so leid, Alex. Es ist, was ich am meisten bereue."

„Besser spät als nie." Obwohl Alex sich unwillkürlich fragte, wie anders seine Teenagerjahre verlaufen sein mochten, hätte seine Mutter früher begriffen, was für ein Arschloch sein Vater war. Aber wenn die Dinge anders gelaufen wären, hätte er Cam vielleicht nie kennengelernt.

„Wie auch immer. Also, was wollt ihr trinken? Ich habe Lust auf Champagner. Heute fühlt sich nach einem Tag zu Feiern an."

„Das klingt gut", sagte Cam. „Und du hast allen Grund zum Feiern."

„Und heute ist es einen Monat her, dass wir ein Paar geworden sind, und das ist ein weiterer Grund zum Anstoßen." Alex lächelte Cam an. Er mochte eigentlich nicht so gern Champagner, aber er war voll und ganz dafür, dass seine Mutter das Geld ihres zukünftigen Ex-Mannes verschwendete, solange sie noch konnte.

„Gut." Seine Mutter schob ihren Stuhl zurück und stand auf. „Dann gehe ich mal bestellen."

„Deine Mutter ist ziemlich klasse", sagte Cam, während er ihr auf ihrem Weg zur Bar hinterherschaute.

„Ja." Sie zeigte eine Kraft und einen Mut, die lange verborgen gewesen waren, und überraschte Alex immer wieder aufs Neue. Die Neuigkeit, dass sie sich von seinem Vater trennen würde, war wunderbar.

Nachdem seine Mutter bestellt hatte, kehrte sie zurück an den Tisch, und kurz darauf brachte Seb eine Flasche Schampus und drei Gläser auf einem Tablett. Er ließ den Korken knallen und schenkte Alex' Mutter ein wenig in ihr Glas, damit sie kosten konnte.

„Perfekt", sagte sie.

Als all ihre Gläser gefüllt waren, hob sie ihres. „Auf die Neuanfänge!" Sie stieß mit Alex und Cam an.

Alex suchte und fand Cams Blick. „Auf die Neuanfänge", wiederholten sie und nahmen jeder einen kleinen Schluck, bevor sie einander anlächelten.

· · ·

NACH EINEM AUSGIEBIGEN MITTAGSMAHL, gefolgt von Kaffee, brachten sie Alex' Mutter zu ihrem Auto, das sie im städtischen Parkhaus abgestellt hatte. Sie umarmte Alex zum Abschied, dann hielt sie ihre Arme auch für Cam auf.

„Danke", sagte sie und neigte den Kopf zurück, um Cam in die Augen zu schauen. „Danke, dass du dich um meinen Sohn gekümmert hast, als ich ihn im Stich gelassen habe."

„Ich habe das gern getan", antwortete Cam mit belegter Stimme.

„Und danke dafür, dass du ihn glücklich machst." Sie warf Alex einen Blick zu, und er sah, dass ihre Augen feucht schimmerten.

Für eine Sekunde war Alex so von Gefühlen überwältigt, dass auch ihm die Tränen kamen. Er schenkte ihr ein wässeriges Lächeln. „Viel Glück mit Papa heute Abend. Wenn du uns brauchst, ruf einfach an."

„Ich werde zurechtkommen, aber danke für das Angebot. Lasst uns bald wieder treffen, dann kann ich euch erzählen, wie es gelaufen ist. Vielleicht zum Mittagessen irgendwann nächste Woche? Oder gern auch abends, sobald ich mich in der neuen Wohnung eingerichtet habe."

„Das wäre toll."

„Okay." Ihr Lächeln war nun wieder ungetrübt. „Passt auf euch auf, und wir sehen uns bald. Bis dann." Sie öffnete ihre Autotür und stieg ein.

„Bis dann, Mama." Alex schloss die Tür für sie.

Dann standen sie Schulter an Schulter und sahen ihr nach, als sie davonfuhr.

„Wow." Alex schüttelte den Kopf. „Ich kann nicht fassen, wie viel sich in so kurzer Zeit verändert hat."

Cam nahm seine Hand. „Hast du Lust, noch ein wenig am Hafen entlang zu spazieren, bevor wir heimgehen? Ich könnte nach dem leckeren Essen ein bisschen Bewegung brauchen."

„Klar."

Zusammen mit Cam Hand in Hand durch Porthladock zu laufen, war immer noch ein absolutes Novum und verschaffte Alex jedes Mal ein Gefühl von Stolz und Nervosität zugleich. Die meisten Leute zuckten nicht einmal mit der Wimper, aber gelegentlich ernteten sie neugierige oder auch missbilligende Blicke. Aber die wenigen negativen Reaktionen wurden mehr als ausgeglichen von Leuten, die sie anlächelten, wenn sie ihre vereinten Hände bemerkten.

„Können wir uns für eine Minute hinsetzten?", fragte Alex, als sie die Bank erreichten, wo sie an ihrem ersten Abend nach der Eröffnung von Rainbow Place gesessen hatten.

Cam ließ sich von Alex auf die Bank ziehen, und dann saßen sie eng beieinander und schauten aufs Wasser. Alex liebte es, wie sich die Aussicht hier mit den Jahreszeiten veränderte. Heute schimmerte das Wasser graublau und reflektierte den bewölkten Himmel. Gischt tanzte auf den Wellen wie weiße Pferde, aufgepeitscht von der steifen Herbstbrise. Ein paar unerschrockene Segler schossen durch die Mündung, und die Boote hatten mächtig Schlagseite.

Der Wind war kalt, und Alex schmiegte sich enger an Cam, der seinen Arm um ihn legte.

Nachdem er sich rasch umgesehen und festgestellt hatte, dass keiner der wenigen Leute auf sie achtete, drückte Alex Cam einen raschen Kuss auf die Wange.

Cam wandte den Kopf und lächelte ihn an. „Alles gut?"

„Es ist alles sehr, sehr gut", antwortete Alex und grinste zurück. Sein Herz war randvoll gefüllt mit Glück und Hoffnung, und er küsste Cam auf den Mund. Cam erwiderte den Kuss. Es fühlte sich gut an, wieder zusammen hier auf dieser Bank zu sitzen. Fünf Monate, nachdem sie hier den ersten Kuss getauscht hatte. Und dieses Mal hatte Alex keinen Grund, an Cams Gefühlen zu zweifeln.

Er wusste, dass in ihrer gemeinsamen Zukunft noch viele Küsse lagen, die so süß waren wie dieser.

ÜBER DEN AUTOR

Jay lebt in der Nähe von Bristol im Westen Englands. Er stammt aus einer Autorenfamilie, glaubte aber stets, das Romanschreiber-Gen habe ihn übersprungen. Jahrelang schrieb er lediglich E-Mails, Zeitungsartikel und Webseiteninhalte.
Eines Tages beschloss Jay, es zu versuchen und eine Kurzgeschichte zu verfassen – nur um zu sehen, ob er es konnte – und fand es geradezu süchtigmachend. Er hat seit diesem Tag nicht mehr mit dem Schreiben aufgehört.

Jay Northcotes Newsletter für deutsche Leser
Für gelegentliche deutschsprachige Updates über meine deutschen Buchveröffentlichungen und Sonderangebote, trage dich bitte in diese Mailingliste ein:
https://bit.ly/jaynews_de

www.jaynorthcote.com
Twitter: @Jay_Northcote
Facebook: Jay Northcote Fiction

MEHR VON JAY NORTHCOTE

In deutscher Sprache

Helfende Hand - (Housemates #1)
Als wäre es Liebe - (Housemates #2)
Übung Macht den Meister - (Housemates #3)
Sehen und Begehren - (Housemates #4)
Ganz von vorn - (Housemates #5)
Der Hübsche in Pink - (Housemates #6)

Ein Neuer Ort - (Rainbow Place #1)

Das Gesetz Der Anziehung
Nichts Ernstes
Wie ein neues Leben
Nichts Besonderes
Was an Weihnachten Passiert
Eine familie zu Weihnachten
Nichts Gewagt

In englischer Sprache

The Housemates Series

Helping Hand – Housemates #1
Like a Lover – Housemates #2
Practice Makes Perfect – Housemates #3
Watching and Wanting – Housemates #4
Starting from Scratch – Housemates #5
Pretty in Pink – Housemates #6

The Rainbow Place Series

Rainbow Place – Rainbow Place #1
Safe Place – Rainbow Place #2
Better Place – Rainbow Place #3
Mud & Lace – Rainbow Place #4
Happy Place – Rainbow Place #5

Other Novels and Novellas

Nothing Serious
Nothing Special
Nothing Ventured
Not Just Friends
Passing Through
The Little Things
The Dating Game – Owen & Nathan #1
The Marrying Kind – Owen & Nathan #2

The Law of Attraction
Imperfect Harmony
Into You
Cold Feet
What Happens at Christmas
A Family for Christmas
Summer Heat
Tops Down Bottoms Up
The Half Wolf
Secret Santa
Stuck With You
A Boyfriend for Christmas
Where Love Grows
Operation Fake Relationship